몬스터 아가씨의 의사 선생님

6

오리구치
요시노
Illust Z톤

"괜찮아요……. 우세요.
지금은 그러셔야 해요.
앞으로의 일은
나중에 또 생각하면 되니까요."

티사리아가 가만히
그렌을 끌어안아 주었다.

그렌은 마치 어린아이처럼 그저 목 놓아 울었다.
아라냐도 살며시 네 개의 팔을 뻗어
그렌의 등을 껴안아 주었다.
그건 울고 있는 그렌의 모습을 다른 사람의
눈에 띄지 않도록 하는 것처럼 보이기도 했다.

그렌이 사랑하는
라미아는
그렌의 곁에서
사라져 버리고
말았다.

Contents

몬스터 아가씨의
의사 선생님
6

오리구치 요시노
일러스트 : Z톤

표지 · 본문 일러스트
Z톤

린트 블룸에 가을이 성큼 다가왔다.

그렌으로서는 세 번째 가을—— 그렌 리트바이트가 진료소를 연 이후로 3년이 지났다.

그렌은 3년 동안 악착같이 일해 왔다. 앞으로도 린트 블룸에 사는 마족들을 위해 의사 실력을 갈고 닦으며 진료와 치료를 계속해야 마땅하다고 믿고 있었지만.

그의 여동생, 시우의 방문.

그리고 바로메츠와 얽힌 소동.

그 자체 또한 린트 블룸의 위기이긴 했지만—— 오히려 시우가 가져온 또 하나의 이야기가 그렌을 전대미문의 궁지로 몰아넣었다.

"이렇게 된 이상 시우가 오라버니에게 걸맞은 아내를 보고 정해 주겠소이다————!"

시우의 갑작스러운 선언.

그것이 그렌의 인생에서 가장 큰 전환점을 가져다 줄 거라고는—— 그렌 본인조차 예상하지 못한 일이었다.

잠들 수 없는 밤이 이어졌다.

그렌 리트바이트는 원래 과로가 잦았고 밤에는 푹 쓰러져 잠드는 일이 많았다. 수면 부족은 일상다반사였지만, 17살이라는 젊은 나이 덕분인지 아니면 격무를 통해 체력이 붙은 건지 그의 육체는 다소 무리를 하더라도 거뜬했다.

오늘 밤, 그렌이 잠들 수 없었던 까닭은.

시우가 했던 말이 머릿속을 맴돌아서──가 아니었다.

"아루루나, 그건?"

"내 꽃가루를 섞은 향이니라. 같은 건 화류 거리의 창관에서도 쓰고 있지. 최음, 성욕을 증대시키는 데 무척이나 탁월한 효과를 갖고 있느니라. ──뭐냐, 2대여. 그 표정은."

"음란하고 제멋대로인 아루루나의 작전에 협력하는 것에 대한 불신감."

"보쌈을 제안한 건 바로 그대잖느냐!"

"난 자유분방한 지배인이니 상관없다. 하지만 이 도시에서 지위가 있는 아루루나가 취할 수단으로써 타당한 건지는 판단하기 어렵군."

"제멋대로 지껄이는구나. 지위가 있는 사람은 스카디뿐, 난 화류 거리의 평범한 여자일 뿐이니라."

제멋대로 말하고 있는 건 둘 다 마찬가지일 테지.

잠들 수 있을 리 없었다.

게다가 이 두 사람이 침대로 들어온 순간부터 머리가 멍해질 정도의 꽃향기가 주위를 감돌기 시작했다. 그렌은 제대로 움직이지도 못한 채, 방에서 가만히 있는 두 사람의 대화를 들을 수밖에 없었다.

"두 분 다, 어째서……."

"당연한 걸 묻는구나. 보쌈이니라."

"보쌈……. 대, 대체 어떻게."

"그 왜, 이 진료소에도 수생 마족이 찾아올 수 있도록 수로가 연결되어 있지 않느냐? 나는 몸을 구근으로 바꿔 수로 위를 둥둥 떠다니며 이동했지. 그리고 2대의 힘을 빌려 문을 따고 침입해 들어온 것이니라."

그렇게 말한 사람은 의회 넘버2의 권력자인 아루루나였다.

그렌은 그녀가 손에 쥐고 있는 향로를 쳐다보았다. 그 안에서 나오는 향 때문에 사고 능력이 저하된 걸까. 저번에 아루루나에게 유혹당했던 때가 떠올랐다.

아루루나는 하반신에 있는 거대한 구근이 눈에 띄는데, 남몰래 잠입할 수단은 얼마든지 있었던 모양이다.

"은밀 행동 및 자물쇠 해제, 밀실 침입. 하나 같이 간단한 임무."

"모리 씨, 당신마저……."

"나쁜 알라우네가 꼬드겼거든. 하지만 의사 그렌과의 친밀한 교류를 위해서는 이것 또한 어쩔 수 없는 행동이라 판단했다."

묘지 거리의 지배인인 모리 바니타스마저 있었다.

그녀는 선대 모리 바니타스의 골격을 토대로 신체를 자유자재로 변환할 수 있는 종족인 쇼거스 몸에 살을 붙인 여성이었다.

눈꺼풀 살이 부족한 모양인지 그 커다란 눈알이 어둠 속에서 요사스럽게 빛나고 있었다. 늘 어두컴컴한 묘지 거리에서도 활동하는 데 지장이 생기지 않게끔 눈알을 야행성 동물의 구조처럼 재현한 걸지도 모른다.

"젊은 의사 나리, 그대, 아내를 맞이할 거라면서?"

"아, 아뇨, 그럴 리가요. 전 그럴 생각은 전혀⋯⋯."

"호오? 하지만 이미 온 도시에 소문이 쫙 퍼졌다만? 우리는 다른 사람이 그대를 낚아채기 전에 몰래 맛볼까 싶었는데 말이다."

"좀 더 뭐랄까 그⋯⋯ 운치라든가 부끄러움은⋯⋯."

"뭘 모르는구나. 보쌈이야말로 운치의 극치가 아니더냐."

말해 봤자 소용없다는 건 알고 있었다. 아루루나에게 성에 관한 모든 것들은 도락에 지나지 않았다.

"자, 향의 효력도 돌기 시작했을 테니, 이제 슬슬 맛볼까 싶구나. 진료소의 어린 주인이여."

아루루나의 덩굴이 옴짝달싹 못하는 그렌의 몸을 휘감았다.

아루루나는 모든 남자들과 관계를 가지겠다고 큰소리칠 만큼 색을 밝혔다. 한다고 하면 반드시 한다. 옷을 입지 않았기에 그녀의 녹색 피부가 달빛에 반사되어 빛났다.

한편, 모리 또한 무표정으로 다가왔다.

그녀는 보라색 느낌의 반투명한 육체를 가지고 있었기에 내부의 골격이 그대로 비쳐 보였다. 옷차림은 어제나 수도복이었지만—— 어째선지 오늘 밤에는 그 옷의 천 면적이 유달리 더 작았다. 이 옷 또한 모리의 육체의 일부였기에 자유자재로 변환할 수 있었다.

"흐음, 젊은 주인은 이런 취향은 별로 좋아하지 않는가?"

"……조, 좋고 싫고를 떠나서, 아무래도 이런 건 좀……."

"어쩔 수 없구나. 여봐라, 2대여. 아까 얘기했던 그걸 해 주거라."

아루루나가 모리에게 지시를 내렸다. 내키지 않는다는 듯 모리의 무표정이 살짝 일그러졌다.

"의문. 실효성이 있는지 아직도 판단을 내리기가 어렵다."

"그 판단을 내리기 위해 해 보면 되지 않겠느냐."

"──알았다. 이것도 닥터 그렌과의 교류를 위해서."

"그래, 그래."

모리의 모습이 구불구불 움직였다. 반투명한 신체의 표면에 물결이 이는가 싶더니── 모리의 흉부가 커다랗게 부풀어 오르기 시작했다. 그럼에도 허리는 극단적으로 가늘었다.

"후후, 나와 같은 사이즈이니라. 어떠냐."

아루루나가 가슴을 폈다.

아루루나의 몸은 가슴부터 허리에 이르는 굴곡이 굉장했다. 남자의 성욕을 무척이나 자극하는 몸매였다. 자유자재로 형태를 바꿀 수 있는 육체를 가진 모리가 아루루나의 체형을 흉내 내면 어떻게 될 것인가──.

"자아, 자아."

몰캉.

아루루나가 커다래진 모리의 두 언덕에 자신의 가슴을 맞댔다. 그러고는 그렇게 생긴 계곡 사이의 중심에다 손에 쥐고 있던 향로를 쓱 올렸다.

"이러면 어떠냐? 향로를 잡아 보거라, 젊은 주인이여."

"아루루나, 이래서는 화류 거리의 문란한 놀이와 다를 바가 없다."

"다를 바가 없기는커녕 그 자체이니라. 자아, 젊은 주인이여."

훌륭한 몸매를 자랑하는 두 사람이 그런 짓을 하고 있으니 무척이나 선정적인 광경이 눈앞에 펼쳐졌다.

침대 옆에서 몸을 맞댄 두 사람에게 그렌은 뭐라 할 말이 없었다. 평범한 남자였다면 곧바로 달려들었을 것이다.

"죄송합니다……. 저로서는, 그럴 마음은."

"호오? 어째서냐. 조금 전에도 그랬다만, 그대는 아직 결혼할 마음은 없으렷다? 그렇다면 여자 두 사람의 과격한 놀이에 어울려 주는 것도 좋지 않겠느냐."

"여긴 직장……이거든요. 게다가, 불성실, 하지 않을까 싶습니다."

"그대는 참으로 착실하구나──. 대체 누구한테 불성실하다는 건지?"

그렌이 쥐어짠 말을 듣고 아루루나는 오히려 놀리듯 물었다.

"닥터 그렌, 참는 건 몸에 좋지 않다. 심박수와 체온이 나란히 상승하고 있다. 흥분 상태라고 분석할 수 있다."

"그, 그건 부정하지 않겠습니다만, 그러니까 그게……."

그렌이 흘끗 방 밖을 살폈다

"저기…… 이제 슬슬 그만두는 게 좋지 않을까요?"

"호오, 어째서냐."

"저기, 오늘은…… 불침번이 있거든요."

발굽 소리가 울렸다. 요란한 소리와 함께 문이 덜컥 열렸다.

"의사 선생님, 무사하신가요?!"

"선생님, 아루루나 님의 꽃 냄새가 났어요! 혹시나 싶었는데!"

사페의 목소리도 들렸다. 떠들썩한 라미아와 켄타우로스 두 사람이 좁은 방 안으로 들어왔다. 그녀들이 본 건 풍만한 가슴을 가진 두 여성이 서로 몸을 뒤섞으면서 침대에 누워 있는 남자에게 다가가는 구도였다.

"아루루나 니──임! 앗, 모, 모리 씨도 있잖아요!"

"들키고 말았다. 이 이상 은밀하게 행동하는 건 힘들다고 판단된다. 그럼, 이만."

모리의 판단은 신속했다.

자신의 육체를 순식간에 녹이더니, 슬라임이 된 상태에서 뿔뿔이 흩어진 뼈를 옮기며 창문을 열고 도망쳤다. 아마 침입했을 때도 같은 방법을 썼을 것이다. 그런 식으로 움직임이 둔한 아루루나를 도왔던 것이다.

"으으…… 흥이 깨져 버렸구나. 나도 이만 돌아가겠다."

"그래요. 얼른 돌아가세요! 요정 여러분, 초대하지 않은 손님께서 돌아가신다고 하네요!"

사페가 손뼉을 치자, 여기저기서, "졸려~.", "뭔데~." 하는 소리가 들렸다. 아직 꿈속에서 헤어나오지 못한 요정들이었지만, 사페의 호령을 받고 재빠른 동작으로 아루루나의 거대한 구근에 모이고는 영차영차 옮기기 시작했다.

"오오, 이거 편하구나."

"두 번 다시 오지 마세요!"

아루루나는, 음, 이나, 응, 하는 이상한 소리를 냈다. 질린 기색은 전혀 보이지 않았다. 아니, 애당초 아루루나가 밤중에 쳐들어온 건 이걸로 세 번째였다.

"의사 선생님, 무사하신가요?"

"아, 네……. 뭐, 아무 짓도 당하지 않았으니까요."

티사리아의 말에 그렌은 쓴웃음을 지었다.

그렌이 신붓감을 찾고 있다──. 그런 소문이 온 도시에 퍼지고 난 이후로 밤중에 불청객이 찾아오는 일이 많아졌다. 아루루나는 빈번하게. 모리는 때때로. 심지어 아라냐마저 가끔씩. 밤중에 비행을 해서 그런지 이리가 방향 감각을 잃고 창문으로 날아들어온 적이 한 번.

그리고 그런 사태를 보다 못한 티사리아가 기어이 오늘은 불침번을 서겠다고 말했다. 투기장 시합도 있기에 매일 불침번을 서는 건 무리였지만, 어쨌거나 듬직한 호위임에는 틀림없었다.

"의사 선생님, 언제 어느 때든 제가 달려올게요. 적어도 결혼 상대가 정해지기 전까지는 그 누구도 손대지 못하게 하겠어요."

"당신이 손대면 안 돼요, 티사리아."

"그런 짓은 안 해요! 그런 건 결혼하고 나서잖아요?!"

"당신의 그 정숙한 모습은 무척이나 신뢰하고 있어요."

두 여성이 나누는 대화를 들으면서.

수면 부족 상태의 그렌은 꾸벅꾸벅 졸기 시작했다. 아루루나의 향이 아주 잘 들었던 모양인지 의식이 흐려지고 졸음이 쏟아졌다.

"으······."

"선생님, 마음이 편치 않으실 테지만······."

정신이 혼미한 와중에 사페의 목소리가 들려왔다.

"저희가 지켜보고 있으니까요."

그건 그거대로 마음이 편치 않지만──.

그렌은 그렇게 대답하지 싶었지만, 정작 입에서는 웅얼거리는 잠꼬대 같은 소리밖에 나오지 않았다.

"당신도 참 고생이구만."

그런 쾌활한 목소리와 함께.

주문한 음식이 오징어 촉수에 실려 그렌 앞으로 왔다.

오징어 먹물 파스타였다. 그 요리를 만든 장본인이 인간용 카운터석에 앉아 있는 그렌의 얼굴을 히죽거리며 들여다보았다.

"아뇨······. 오히려 점장님께 폐만 끼쳐 드렸네요."

"나야 잘 먹고 잘 마시고 돈만 잘 낸다면야 상관없지. 그건 그렇고, 지금 저쪽 구석에서── 당신 얘기하고 있는 거 맞지?"

"네, 네에."

"여자가 신랑을 맞이할 땐 무시무시해지는 법이지."

그렌은 뭐라 대답도 못하고 머리를 싸쥐었다.

크라켄 여주인——'대왕오징어의 침상'의 점주는 깔깔 웃었다. 열 개의 촉수 위에는 손님이 주문한 접시와 술이 놓여 있었다. 흡반으로 빨아들이고 있는 모양인지 떨어뜨릴 기미는 조금도 보이지 않았다.

"다른 손님한테 폐만 안 끼치면 돼. ——우리 집 파스타 먹고 가."

여주인이 쾌활하게 미소 지으며 그렌으로부터 멀어졌다.

그렌은 흘끗——주점 구석을 쳐다보았다.

'대왕오징어의 침상'의 한쪽 구석에서 그렌이 잘 아는 여성들이 탁자를 둘러싸고 있었다.

팻말까지 놓여 있었는데, 거기에는 '그렌 리트바이트 결혼 회의'라 휘갈겨 쓴 글씨가 양피지에 적혀 있었다. 적은 사람은 당연하게도——라고나 해야 할지, 그렌의 유능한 조수인 라미아 사펜티트였다.

왜.

어째서 이렇게 된 것인가?

시우의 발언이 도화선이 되어—— 사페를 필두로 한 여성들이 그렌이 누구와 결혼해야 마땅한지 의논하기 시작했던 것이다.

당사자인 그렌을 완전히 따돌리고서—— 말이다.

"어쨌거나!"

회의하는 내용이 들려왔다.

"일단 얘기를 정리하죠. 반쯤 장난으로 결혼 상대로 입후보하는 건 용납 못해요! ──진심으로 그렌 선생님과 결혼하고 싶은 분은 손 드세요!"

손 드세요, 라고 말하면서도 사페가 누구보다 앞장서서 손을 높이 들어 올렸다.

사페는 평소부터 그렌이 여성과 교제하는 것에 엄격했다──. 그것이 사페가 가진 호의에서 비롯되었다는 건 그렌 또한 잘 알고 있었다.

그렌 또한 사페의 심정은 잘 알고 있었지만.

이쯤 되니 폭주라는 단어가 머릿속을 스쳐 지나갔다.

"네! 저요저요! 저도요! 저도 결혼 희망! 해요!"

"네에, 네에, 켄타우로스 공주님도 그렇군요. 잘 알고 있고말고요──."

노골적으로 인상을 찌푸리면서도 티사리아를 숫자에 포함시키는 사페.

그렌은 운송 상회의 영애 티사리아로부터도 몇 번이고 맞선 요청을 받아 왔었다. 그렇기에 그 마음은 그렌도 잘 알고 있었다. 여종 둘을 거느리고 회의에 임하는 티사리아의 눈은 기백으로 가득 차 있었다.

"저기, 그게, 나도……."

"루라라 씨──. 이렇게 말하는 건 가슴 아프지만, 도시의 조례에 따르면 루라라 씨는 아직 결혼할 수 없어요……."

"으, 응, 알고 있어……. 그냥 한번 말해 본 것, 뿐이야."

이 '대왕오징어의 침상'에서는 가게 안에도 간이 수로가 지나고 있다.

수생 마족은 그 수로에서 고개를 내밀어 바 카운터처럼 식사할 수 있다── 지금 루라라가 마시고 있는 건 주스 같아 보였는데, 어쨌거나 이 미성년자 인어도 회의에 참가하고 있는 모습이었다.

"……아라냐는요? 별로 생각 없어요?"

"응? 소녀요?"

이국의 술을 즐기는 아라크네에게 사페가 물었다.

"소녀는 딱히 결혼하고 싶은 건 아니거든요. 선생님께서 누구랑 결혼하든 신경 안 써요."

"……그래요?"

"물론이죠. 가령 정실이 있어도 애인은 될 수 있잖아요? 딱히 아내에 집착하지는 않지만…… 뭐, 틈이 있으면 빼앗을지도 모른다고요? 최근에는 중혼 관습이 있는 마족이 린트 블룸의 일부일처제 조례에 불만을 제기하고 있다는 얘기도 들리고 있고……. 후후, 중혼이라, 그것도 괜찮을지 모르겠네요오."

"윽── 아라냐!"

"농담, 농담이에요……. 후후훗."

곳곳에 화근의 씨앗이 도사리고 있는 회의였다.

그 외에도 티사리아의 여종 케이와 로나, 하피 배달부 이리 등등이 있었지만 이들은 그냥 참석만 한 모양인지 태평스레 식사와 음료를 즐기고 있었다.

(……이렇게나 많은 사람들이 모일 줄이야.)

그렌은 오징어 먹물 파스타를 먹느라 입술이 새까맣게 물들면서도 그런 생각을 했다.

자신을 향한 사페와 티사리아의 호의는 잘 알고 있었지만—— 설마 루라라마저 입후보할 거라고는 생각지도 못했었다. 그녀는 아직 결혼할 수 있는 나이는 아니었지만, 그래도.

린트 블룸에서는 여러 소동이 몇 번이고 있었지만—— 설마 자신의 문제가 이렇게나 큰 일로 번질 거라고는 생각지도 못했었다.

"그럼 일단은 저와 티사리아 중에서 어느 쪽이 아내가 되느냐, 가 관건이겠군요."

"어떤 방식으로 정할 거죠? 역시 결투인가요? 질 수 없어요."

"저 또한 호락호락 당해 줄 생각은 없지만 평화적으로 좀 결론을 냈으면 좋겠네요. 일단은 시우의 의견도 참고해서 어떤 승부가 가장 좋을지 의논한 다음……."

시우의 의견은 존중해 주는 모양이었다. 그렇다면 당사자인 그렌의 말도 조금은 들어 줬으면 싶었다.

결혼 상대인 그렌이 어째서 이런 구석진 곳에서 홀로 식사를 하고 있는 것인가.

——이유는 간단했다. 서로 연적 관계에 있는 여자들의 회의에 그 당사자인 남자가 같이 있어 봤자 좋을 게 없기 때문이다. 사페로부터 오히려 화만 초래할 것이라는 얘기를 들었다.

자신의 결혼 상대를 정하는 일인데도 말이다.

애당초 결혼 의사가 있는지조차 확인하지도 않았는데—— 그렌은 그저 논쟁을 주고받는 여성들을 가만히 지켜볼 수밖에 없었다.

"오라버니, 옆자리에 실례하겠소이다!"

그런 생각을 하고 있는데.

이 대화를 초래한 장본인—— 시우 리트바이트가 그렌 옆에 앉았다. 틀림없이 그렌의 친여동생이었지만, 그 이마에서는 두 개의 뿔이 자라나 있었다. 언뜻 봐서는 도저히 같은 종족이라 보기 힘들었다.

순찰 중인 모양이었다. 시우는 익숙한 모습으로 여주인에게 피자를 주문했다.

"회의가 격해졌구려!"

"아니, 이게 다 누구 때문인데……."

시우가 결혼 상대를 보고 정한다, 라는 말만 꺼내지 않아도 이런 일은 없었을 것이다.

"으으, 말에 가시가 있는 것 같소이다. 오라버니, 미리 말해 두겠소이다만 오라버니의 결혼을 걱정하고 있는 건 시우가 아니라 아버지와 어머니라오. 오라버니가 꾸준히 연락을 주고받기만 했었어도 이런 일은 없지 않았겠소이까."

"……부모님 반대를 무릅쓰고 아카데미에 들어갔는데 이제 와서 어떻게 가족들에게 편지를 쓰겠니."

그렌은 망연한 표정으로 말했다.

평소에 환자는커녕 사페 앞에서조차 보이지 않는 표정이었다. 좋은 의사이기는 했지만 가족 문제까지 잘 대처한다고는 볼 수 없었다.

"그건, 소엔 오라버니가 뒤에서 이것저것 하는 바람에……."

"아아…… 그랬지."

소엔.

그렌과 시우 입장에서는 각각 형과 큰오라버니다. 아버지의 뒤를 이어 동방 상회 동맹 간부로 일하면서도 원로의 비서직도 겸하고 있는 모양으로, 방심할 수 없는 형이었다.

그는 아버지의 후계자로서 기대를 받고 있었는데, 맏이로서의 자부심과 책임감과 야심이 너무 지나쳤던 탓인지—— 동생 그렌을 집에서 쫓아내려고 했다는 의혹이 있었다.

가령 그렌에게 그럴 마음이 없더라도 소엔 입장에서는 후계자 후보가 자기 말고 더 있다는 사실이 눈엣가시였던 걸 테지.

"마족 아카데미에서 시험을 보겠다고 말했을 때, 아버지에게 있는 것 없는 것 죄다 얘기하는 바람에 오라버니를 의절 직전까지 몰아넣지 않았소이까! 소엔 오라버니는 시치미를 뚝 뗐소이다만……."

"뭐, 이제 와서 이러쿵저러쿵 얘기하고 싶지는 않아. 형은 나를 내쫓고 싶어 했고, 나는 본가를 나오고 싶어 했지. 서로 이해가 일치했을 뿐이야."

어쨌거나 형은 가족에게조차 그런 짓을 아무렇지 않게 저지르는 야심가였다.

본가를 나올 때 그러한 다툼이 있었기에 그렌 쪽에서 먼저 연락을 취하는 건 아무래도 내키지 않았다. 하지만 편지 한 통 보내지 않았던 탓에 시우를 통해 '결혼은 어떻게 할 거냐.' 같은 얘기가 불쑥 나온 것도 사실이었다. 다시 말해서,

"이게 다 형 때문이야……."

"모든 걸 남 탓으로 돌리는 건 시우로서는 좀 그렇지 않을까 싶소이다만, 큰오라버니라면 어쩔 수 없구려."

시우는 주문한 피자를 우물우물 입으로 옮기면서 태평스럽게 말했다.

"……시우, 넌 어떻게 생각하는데?"

"무엇을 말이오?"

"아니, 결혼 상대를……."

"무————슨 소릴 하고 있소이까! 중요한 결혼 상대를 시우에게 물으면 어쩌자는 것이오!"

"아니아니, 네가 상대를 보고 정해 주겠다고 했잖아! 그래서…… 그, 일단은 의견을 좀 듣고 싶어서."

흐음, 하고 시우가 팔짱을 꼈다. 대체 언제 주문했던 건지는 모르겠지만 앞에 놓인 화룡주를 한 모금 들이켰다.

"그야 물론—— 시우에게 언니로 존경할 만한 분은 사펜티트 언니뿐이라오. 언니는 일시적이기는 해도 리트바이트 가에서 살았던 몸. 부모님께서도 쉬이 납득해 주시지 않겠소이까."

"그럴까……."

부모님은 마족에 대한 편견이 비교적 적다. 과거에 사페를 집

에서 살게 했던 것을 통해서도 이를 알 수 있었다. 시우가 '귀변병'에 걸렸을 때에도 부모님이 시우를 집에서 내쫓았다는 얘기는 지금까지 한 번도 듣지 못했다.

"그렇지만—— 티사리아 선생도 최근에는 시우를 잘 지도해 주고 계시다오. 강하면서도 아름다운 분인데다 집안 또한 더할 나위 없고……."

"……응?"

"게다가 아라냐 선생은 아름다운 허리띠를 나에게 주셨다오! 그것도 공짜로 말이오! 순찰대원으로서 몸치장을 할 기회는 없소이다만, 옷을 선물해 주시는 분은 좋은 사람이라오."

"으응……?"

"아, 스카디 님과 아루루나 님과 모리 선생은 수시로 과자를 선물해 주고 계신다오! 루라라 선생과 이리 선생은 살갑게 대해 주시고…… 케이 님과 로나 님도 얼마 전에 갓 수확한 야채를……."

"그, 그거 잘됐구나."

이 도시에 있는 주민들은 모두 좋은 사람들이니까—— 라고 솔직하게 말할 수 있었다면 좋았겠지만.

어째선지 그렌의 지인들한테서만 호의적인 대접을 받고 있는 것 같았다. 이름이 알려진 몇몇 사람들에게서 모종의 의도가 있다고 느껴지는 건 단순히 기분 탓일까.

결혼을 하려면 시우를 구워삶는 게 빠르다——라는 의도가 훤히 보이는 듯했다. 물론 그것만 있는 건 아닐 것이다. 내 여동생이기는 하지만 이렇게나 선물에 취약한 여자애도 드물 것이다. 감정이 솔직한 편이니까 옆에서 챙겨 주고 싶다는 단순한 이유도 있을 테지만.

"그렇기에 다들 새언니가 되어 주신다면 시우는 기쁘다오!"

"잘 알았어."

여동생의 의견은 도움이 되지 않는다는 걸 잘 알았다.

"그러고 보니, 시우, 아직 순찰 도는 중이었어?"

이 이상 가족에게 연락 좀 하라는 소릴 들었다간 귀에 딱지가 앉을 것 같았기 때문에 그렌은 곧바로 화제를 전환했——시우는 신경 쓰는 기색도 없이.

"그렇소이다! 다 먹으면 곧장 가봐야 한다오!"

"화류 거리 순찰대인데도 온 도시를 도는 거야?"

"도시 순찰은 각 순찰대가 당번제로 맡고 있다오. 공적을 인정받았다고는 하나 시우는 아직 신참에 불과한 몸. 린트 블룸을 속속들이 꿰고 있어야 하니 스스로 지원했다오!"

가슴을 불쑥 내미는 시우였다.

그러고는 그대로 남은 피자를 입에다 쑤셔 넣었다. 순찰을 돌아야 해서 바쁜 모양이었다. 과연 정말로 그렌의 결혼 상대를 잘 정해 줄 수 있을 것인가.

——애당초 그렌의 의사는 존중해 줄 것인가.

"크툴리프 선생님 일행은 이제 돌아오셨으려나?"

"아, 그 얘기라면 조금 전 관문에서 의회 직속 부대를 보았다오. 편하게 휴식을 취하는 모습이었으니 용투녀님께서도 이미 돌아오시지 않았겠소이까?”

“그렇구나. 고마워.”

동쪽 나라에 출장을 갔던 스카디와 크툴리프가 돌아왔다면 그렌도 인사를 하러 가 봐야 할 것이다.

게다가 수면 양에 관한 일련의 사태를 확실하게 보고해야 할 필요가 있었다. 온 도시가 잠들어 버릴 뻔했던 그 대사건이 이제 두 번 다시 발생하지 않도록 하기 위해서라도 크툴리프의 협력은 필수적이었다.

“그렇게 되었으니, 오라버니! 시우는 이만 가 보겠소이다! 누구를 결혼 상대로 삼을 건지 진지하게 고민해 보시오!”

“아니, 그러니까 난 아직 결혼할 생각은…….”

“그럼 이만!”

시우는 여주인에게 음식 값으로 은화를 던지고 바람처럼 사라졌다.

“그렇게 뛰면 또 열이 날 텐데…….”

그렌이 그렇게 말을 걸었지만, ‘대왕오징어의 침상’에서 나가려고 하는 시우에게는 들리지 않은 모양이었다.

그렌은 물을 마시고 한숨을 내쉬었다. 여동생은 도저히 믿음이 가질 않았── 적어도 그녀는 결혼을 하지 않겠다는 그렌의 의사를 존중해 주는 분위기가 아니었다.

“이를 어떻게 해야 할지.”

계속 이렇게 가만히 있을 수도 없는 노릇.

하지만 그렌은 앞으로 어떻게 하면 좋을지 아직 뾰족한 방법을 찾아내지 못했다. 문득 시선이 간 곳에 사페의 모습이 있었다.

"저는 그렌 선생님과 어릴 적부터 함께해 온 사이이며 지금도 진료소를 지탱하고 있는 약사예요. 반려자로서 가장 적임자이지 않을까——."

"네에네에! 세월은 관계없답니다! 저는 자금 면에서 진료소를 도와줄 수 있어요!"

"돈이 중요한 게 아니라 마음이——."

가슴에 손을 올리고 자신이 얼마나 그렌의 결혼 상대로 적합한지 주장하는 사페와 티사리아.

그렌은 그녀들의 열변을 듣고 있으니—— 그것은 다시 말하자면 얼마나 그를 좋아하고 있는지를 빙 돌려서 주장하는 것이니까—— 더할 나위 없이 쑥스러워졌다.

"고민에 잠긴 표정이로군요, 그렌 선생님."

그렌 일행이 수로 거리로 왕진을 가는 도중.

사페에게 자신의 갈등을 단박에 간파당하자 그렌으로서는 뭐라 대꾸할 말이 없었다.

"……다들 너무 결혼 얘기만 입에 올리고 있어. 나는 아직 의사로서도 반푼이인데."

"의사로서의 기량과 결혼 얘기는 서로 별개가 아닐까요?"

"난 아직 결혼할 생각이 없는데……."

"그렌 선생님—— 선생님의 의사는 존중해 드릴게요. 하지만 원래 중요한 결단을 내릴 시기라는 것은 느닷없이 불쑥 찾아오는 법이랍니다. 선생님과의 교제를 생각하고 있던 여성들이 선생님의 친여동생분으로부터 '결혼에 대해 어떻게 생각하느냐.'라는 말을 들었는데 어떻게 가만히 있을 수 있겠어요."

"그, 그렇잖아도 지금 뼈저리게 느끼고 있어."

비록 업무는 바쁠지언정 진료소에서 할 수 있는 범위 내에서 꾸준히 일을 한다.

앞으로 몇 년 동안 그런 나날이 이어질 거라 생각하고 있던 그렌이었다.

"언젠가는 크툴리프 선생님 곁에서 독립하여 내 병원을 가지고 싶어……. 하지만 그렇다고 해서 크툴리프 선생님처럼 원장 일을 하고 싶은 건 아니야. 환자분들을 한 분 한 분 진찰해서 도움이 될 수 있다면……."

"그렌 선생님은 본인이 직접 진찰하고 싶으신 거로군요."

"어…… 음, 그래. 그럴지도 몰라. 나는 지금처럼 도시를 돌거나 진료소에서 환자분들과 대화를 나누며 일을 하는 게 내 적성에 맞아. 결혼은 그 다음 얘기고."

사페는 고개를 끄덕이면서도 애매하게 웃었다.

"그건 그거고 이건 이거예요. 결혼하더라도 진료소 일은 계속할 수 있어요."

"빈틈이 없네……."

자신의 꿈을 좇는 것과 결혼은 따로 생각해라, 사페가 하고 싶은 말은 바로 그것이었다.

"일단 오늘은 그 적성에 맞는 일을 부탁드릴게요."

"응. 열심히 할게."

사페에게 그렇게 대답하면서 수로 가장자리로 내려가는 그렌.

물에서 고개를 내밀고 있는 건 그가 잘 아는 소녀였다. 아름다운 갈색 피부를 가진 그녀 외에도 두 머메이드가 수로 가장자리에 걸터앉아 있었다.

루라라가 그렌의 모습을 보고 싱긋 미소 지었다.

"선생님, 미안해. 신경 써 줘서 고마워."

"아뇨아뇨, 도시 어디든 진찰하러 갈 수 있어요."

용모가 살짝 루라라와 닮은 두 머메이드——였지만 피부색은 하얀색이었고 몸집도 호리호리했다. 너무나도 병약해 보였다. 건강한 피부를 가진 루라라와는 인상이 사뭇 달랐다.

"우리 엄마랑 여동생이야."

"의사 선생님…… 일부러 여기까지 찾아와 주셔서 정말 감사드립니다……. 저는 괜찮으니 제 막내딸 진찰을 부탁드릴게요……."

루라라의 어머니가 아직 어린 인어를 양팔에 안은 채 그렇게 말했다. 겸손한 성격인 것 같았다. 하지만 그렌으로서는 어중간하게 진찰할 마음이 추호도 없었다.

"아뇨. 두 분 모두 확실하게 진료해 드리겠습니다."

"가, 감사합니다."

루라라의 어머니가 고개를 숙였다. 막내 여동생인 듯한 솔라우는 왠지 모르게 멍한 표정이었다.

그렌은 두 사람의 몸—— 물고기와 닮은 하반신 부분을 중심으로 재빨리 진찰을 시작했다. 질환 자체는 그리 심각하지 않았다. 주된 증상은 피부와 비늘에 난 염증이었다.

인간으로 치자면 피부병이 생긴 것과 같았다. 루라라의 어머니도 여동생도 체질적으로 피부가 약한 모양이었다.

"선생님? 어때?"

루라라가 걱정스러운 기색으로 물었다.

그렌은 두 사람의 비늘을 관찰했다. 뭍으로 올라온 머메이드의 비늘은 햇빛을 받아 반짝반짝 빛나고 있었다—— 하지만 그렇기에 군데군데 난 염증이 눈에 띄었다.

아름다운 비늘이 염증에 잠식당한 모습은 보기만 해도 가슴이 아팠다.

"괜찮습니다. 약을 쓰면 곧바로 나을 거예요."

"정말?"

"어머님도 여동생 분도 체질적으로 피부가 좀 약하신 것 같군요."

그렌이 묻자, 어머니 쪽에서 고개를 끄덕였다.

"네, 저는 심해 출신인지라…… 솔라우도 저를 닮았거든요. 루라라처럼 피부가 그을지도 않았고요."

"솔라우 쪽이 증상이 심한 것 같군요. 하지만 두 분 모두 약이면 충분히 나을 수 있는 증상입니다. 처방해 드릴게요. 하루에 한 시간 동안 밀폐된 수실(水室)에서 약물 목욕을 해 주세요."

인어는 수생 종족이기에 피부 질환 처치로써 일반적으로 사용되는 바르는 약은 도움이 되지 않는다. 수로에서 헤엄치는 동안 물에 씻겨 나가기 때문이다.

때문에 약을 푼 물 속에 있을 필요가 있다. 수로 거리에서는 대체적으로 집에 약물 목욕할 수 있는 용도의 방이 있기 때문에 그 안에 약을 풀면 된다.

"약…… 말씀인가요? 하지만, 그게, 비싼 건 아닐지……."

루라라의 어머니가 걱정스러운 기색으로 그렌의 안색을 살폈다.

"확실히 그리 싼 가격은 아닙니다만 진찰비는 이미 루라라…… 씨로부터 전부 받았거든요. 그건 걱정하지 않으셔도 됩니다."

"어, 아, 그랬나요……."

"에헤헤!"

루라라가 만면에 웃음을 지었다.

"약을 쓰는 방법은……."

"제가 설명해 드릴게요. 전 약사인 사페라고 해요."

사페가 다시금 자기소개를 하면서 약제에 대해 설명하기 시작했다.

약효가 센 약은 아니지만 부작용도 있는 데다, 특히나 수로 거리에서 함부로 썼다가는 전혀 엉뚱한 곳으로 흘러나갈 가능성도 있다. 그러한 점을 감안하여 해설했다.

약사인 사페의 설명은 정중했고 그렌이 옆에서 들어 봐도 이해하기 쉬웠다.

"──이상이 약물 목욕을 하는 순서예요. 그리고 만약에 물 위로 올라올 때는 이쪽의 작은 병에 든 약을 약간만 피부에 발라 주세요."

자신의 두 팔에 약을 바르는 시늉을 해 보이는 사페.

사페 본인 또한 햇빛에 약한 체질이었기에 피부에 관한 고민 거리는 남의 일이 아니었을 것이다. 특히나 나이가 어린 솔라우 가 이해하기 쉽도록 수로 쪽으로 몸을 내밀어 설명해 주었다.

약을 전문으로 다루는 사페의 존재가 얼마나 고마운지 새삼 느끼게 되었다.

그렌이 아무리 진찰해 봤자 처방한 약을 올바르게 사용하지 않으면 의미가 없다. 약효가 센 약은 잘못 취급하면 자칫 독이 될 수도 있기 때문이다.

올바른 약 지식을 환자에게 설명하는 것. 그렌의 진단에 맞는 적절한 약을 준비하는 것. 이 모든 것들이 사페가 가진 전문적 인 능력이었으며, 그렌에게도── 도시에 사는 주민에게도 사 페의 능력은 반드시 필요했다.

(중앙 병원은 제약 지도도 크톨리프 선생님이 내리시니 까…….)

크톨리프 또한 사페를 제자로 곁에 두고 싶어 했을 게 틀림없 다. 그렇지만 그렌이 아직 미숙했던 탓에 사페를 조수로 붙여 준 것이다.

자상한 어조로 설명하면서도 자칫 잘못 사용하는 일이 없도록

긴장감을 가지고 약에 관해 설명하는 사페의 모습이 그렌으로
서는 눈부셔 보였다.

하지만 그렌에게는 그렌이 해야 할 일이 있다── 계속 이렇
게 넋을 잃고 바라보기만 할 수는 없었다.

"루라라, 잠시 괜찮을까?"

"웅? 뭔데~? 선생님."

그렌이 수면에 있는 루라라에게 말을 걸었다.

"혹시 최근에 어머니와 여동생이 물 위에서 일을 하신 거니?"

"어── 아니? 두 사람 모두 몸이 약해서 물 위로는 그다
지……. 왜 그래?"

"원래 질환을 갖고 있는 거라면 또 몰라도 갑자기 피부염이 발
병하는 게 이상해서……. 혹시 무슨 이유라도 있었나 싶었거든
──."

"으음──……."

루라라가 물속에서 손짓했다. 그렌이 곧장 루라라에게 귀를
기울이자, 루라라는 젖은 손을 그렌의 귀에 바짝 대고서 귓속말
을 건넸다.

"있지."

루라라가 주위를 살피면서 말했다.

"요즘 근처에 사는 사람들도 피부나 비늘 상태가 이상해. 무
희로 일하는 인어들도 비늘에 문제가 생겨서 난처해하고 있다
는 얘길 들었거든. 나야 아직 괜찮긴 하지만……. 수로 거리에
서 무슨 전염병이 도는 게 아닐까 하는 소문도 있고……."

"수로 거리의 물은 정수장에서 잘 관리하고 있을 텐데. 전염병 같은 게 돈다면 병원에 보고가 들어올 테고——."

"음——. 그건 알고 있지만."

루라라는 걱정스러운 기색이었다. 애당초 오늘 진찰도 가족의 몸을 걱정한 루라라가 그렌에게 의뢰한 것이었다.

가희로서 가계를 지탱하고 있는 루라라였지만—— 그 가슴속에는 가족을 향한 강한 마음이 자리하고 있는 걸 테지.

"그, 그리고, 선생님……!"

루라라가 속삭이는 목소리로 계속 말했다.

"만약 아직 결혼할 마음이 없다면—— 앞으로 2년만 더 기다려 줄래?"

"윽?!"

"에헤헤……."

갑작스러운 화제 전환에 그렌은 동요했다.

앞으로 2년. 다시 말하자면 루라라가 조례상으로 결혼할 수 있는 나이가 될 때까지, 라는 얘기였다. 쑥스러운 듯이 웃는 루라라였지만—— 그 눈빛은 한없이 진지했다.

아직 소녀라고만 생각했던 가희가 자신의 결혼 상대로 입후보했다는 사실을—— 그렌은 새삼 실감하게 되었다.

사페의 말이 맞았다.

그렌의 각오나 생각과는 무관하게, 그렌은 시시각각으로 변화하는 상황 속에서 중요한 결단을 내릴 것을 촉구받고 있었다.

그렌이 루라라에게 뭐라 대답해야 좋을지 고민하고 있는데.

"선생님, 끝났어요."

"아, 그래……. 지금 갈게."

루라라는 딱히 대답을 바란 건 아니었는지—— 이미 그렌에게서 멀어져 어머니와 여동생과 정답게 대화를 주고받고 있었다. 그 모습은 가족을 지탱하는 어엿한 한 사람의 가희였다.

——처음 만났을 때는 아직 어리다고만 생각했었는데.

성장이 빠른 루라라의 모습에 그렌은 놀랐다——. 질병만 보고 그녀들의 내면까지는 보지 못했던 걸지도 모른다. 루라라의 또래인 이리, 메메, 여동생 시우도.

자신이 모르는 사이에 어리다고만 생각했던 소녀들은 변화해 가고 있었다. 아니—— 어리기에 성장도 두드러지는 걸까.

"……대단하네."

"선생님?"

"아니, 아무것도 아니야. 나도 열심히 해야겠어."

"……?"

그렌은 사페에게 미소로 답하고 나서 생각해 보았다.

시간은 걸리겠지만—— 자신에 관한 일, 특히나 결혼에 관해 납득이 갈 대답을 내 놓자고 다짐했다.

루라라가 진찰을 마친 두 사람에게 수면 위에서 손을 흔들고 있었다.

결단을 내리고자 하는 그렌——이었지만.

그로부터 약 보름 동안 진료소는 눈코 뜰 새 없이 바빴다. 그 이유는 수로 거리를 중심으로 환자 수가 급증했기 때문이다.

"피부에 난 염증, 짓물러진 비늘, 흰무늬 증세, 지느러미에 난 상처 등등──."

크툴리프는 보고서를 읽으며 언짢은 표정을 지었다.

"증상은 다 비슷비슷해. 원인으로 짐작 가는 건 급격한 수질 악화 또는 전염병── 이거 큰일이야, 그렌. 정말로 큰일이야."

크툴리프가 손에 쥐고 있는 건 그렌이 작성한 보고서였다.

루라라의 가족을 진찰한 직후부터 수로 거리에서 환자 수가 급증했다. 루라라로부터 들은 얘기대로 피부 염증을 호소하는 환자들이 줄을 이었다. 그러한 사실에 관해 그렌은 증상들을 정리하여 중앙 병원으로 보고서를 가지고 왔다.

"중앙 병원은 어떤가요?"

"그게 말이지, 수로 거리에서 발생한 환자들도 많지만── 육지에서 복통을 호소하는 환자들 때문에 애를 먹고 있거든. 특히나 소화 기능이 약한 마족을 통해서 위장 질환을 다수 확인했어. 수질 악화가 문제라면 식수에 원인이 있을 가능성도 고려할 수 있겠지."

"이거 큰일이군요."

예로부터 물은 생활의 일부였다.

대도시는 물이 있는 곳에만 있다.

린트 블룸은 식수와 생활용수 모두 풍부한 땅에 위치해 있었다.

그렇기에 물을 풍요롭게 활용하여 수로 거리 같은 도시 계획도 실현할 수 있었던 것이다. 그러나 그 물에 문제가 있다면 린트 블룸의 생활 기반 자체가 흔들리고 만다. 수로 거리뿐만 아니라 도시 전체의 위기였다.

"긴급히 수로 거리에 약물 목욕탕을 설치해 놓았어. 스카디가 직접 지휘하고 있으니까 사페에게는 제약을 부탁해도 될까? 재료는 아루루나에게 부탁해 놨어."

"……사태가 그 정도였습니까."

"그래. 하지만 수생 마족들을 치료해 봤자 어차피 이건 대중요법에 불과해. 원인인 물을 어떻게든 손봐야 해."

"그렇다는 말씀은……?"

"이미 키클로 공방에 취수 설비를 재점검해 달라는 의뢰를 넣어 놨어. 물에 문제가 있다면 그 점검을 통해 뭔가를 알아낼 수 있겠지……. 근본을 어떻게든 손봐야 해."

역시 병원 원장 자리에 있는 만큼 신속한 대응이었다. 그렌이 이상 징후를 느낀 단계에서 이미 여러모로 손을 써 둔 모양이었다.

──못 당하겠는걸, 하고 그렌은 생각했다. 역시나 몇 번을 생각해 봐도 크툴리프의 일을 자신이 감당해 낼 수 있을 것 같지가 않았다.

"저어, 크툴리프 선생님."

"뭔데?"

"새삼스럽지만── 제가 오늘 이렇게 방문한 건 사태를 보고

드리러 온 게 아니거든요."

그렌은 말을 머뭇거렸다.

그렌이 오늘 중앙 병원을 방문한 건 보고서를 제출하기 위해서가 아니었다. 그런 건 우편으로 보내면 될 일이다.

크툴리프는 원장실에 있는 항아리에서 촉수만 뻗어 그렌과 대화를 나누고 있었다. 보고서도 촉수로 읽고 있었기에 서류 가장자리가 젖고 말았다. 양피지였기에 어느 정도 물에 강하기는 하지만, 그래도 손상은 되기 때문에 좀 조심해서 다루었으면 싶었다.

"……크툴리프 선생님의 몸 상태가 좋지 않다는 얘길 듣고 부리나케 달려왔거든요."

"그렇단 말이지이~……. 왠지 모르게 몸이 나른하거드은. 일을 너무 많이 했나 봐."

"바쁘신 건 잘 알고 있습니다. 동쪽으로 원정 갔다가 오신 것도 고생 많으셨고요."

크툴리프는 자신의 몸 상태가 좋지 않음에도 수로 거리에서 발생한 문제의 대책을 마련해 두었던 것이다.

원정에서 돌아오자마자 이런 사태가 벌어졌으니 크툴리프로서는 쉴 틈조차 없었다. 그렌은 스승의 몸이 걱정되었다.

"진료소에서 맡을 수 있는 업무는 최대한 맡을 테니, 가끔은 쉬시는 게……."

"그래서 지금 이렇게 쉬고 있잖니이."

얼굴이 조금도 보이지 않았기에 마치 항아리가 말하고 있는 것처럼 보이기도 했다.

"보고서에도 써 두었습니다만——수로 거리의 환자들 중에는 노인이나 어린아이처럼 몸이 약한 사람이 많습니다. 피로가 쌓이면 선생님께서도……."

"아직 노인 아니거든?!"

드디어 크툴리프가 항아리 밖으로 얼굴을 내밀었다. 항아리 속에서는 알몸 상태로 있는 모양이었다.

크툴리프 본인은 그렌이 자신의 나이를 걸고넘어졌다고 생각한 모양이었지만, 물론 그렌에게 그럴 의도는 없었다. 그렌은 한숨을 내쉬고 나서.

"어쨌거나 진찰하고 싶습니다. 그러려고 온 거니까요."

"그래, 알았어. 마음대로 하렴."

"일단 몸에 피로가 쌓였다면…… 마사지가 어떨까요?"

"내가 그런 걸 가르쳐 줬던가? 그야 고맙긴 한데……."

"실은 최근에 독학으로 공부하고 있거든요."

그렌은 쑥스럽다는 듯이 웃었다.

그는 저번에 보았던 진료를 통해 불사의 몸인 쿠나이에게는 마사지가 유효할지도 모른다는 깨달음을 얻었다. 그리고 그 가설을 증명하기 위해 정체(整體)와 정골(整骨), 침과 뜸 같은 치료법도 새로이 배우고 있었다. 그렌은 바쁜 와중에도 미지의 지식을 배우는 것이 솔직히 기뻤다.

"그럼, 한번 부탁해 볼까?"

촉수 덩어리가 항아리 밖으로 구불구불 기어 나왔다.

크툴리프는 원장실 안쪽—— 크툴리프를 위해 일부러 마련한 수로로 향했다. 그녀는 자신이 알몸 상태라는 것도 개의치 않으며 물에 두둥실 뜬 몸을 눕혔다. 여덟 개의 촉수가 수면 위에 퍼졌다.

그렌도 바지 자락을 걷어 올리고 무릎까지 물에 담갔다. 촉수를 만지고 보니 살짝 거친 느낌이 났다. 부분적으로 염증마저 발생한 상태였다.

(역시 피로 때문인가……?)

그렌은 근육 덩어리로 이루어진 문어 촉수에 힘을 실어 나갔다.

"으응~…… 아앗……."

크툴리프가 한숨을 내쉬며 소리를 질렀다.

한때 가족처럼 친밀하게 지냈다고는 해도 알몸의 여성을 지그시 쳐다볼 수도 없었기에 그렌은 시선을 돌렸다——. 정작 당사자인 크툴리프는 신경도 안 썼지만 말이다.

"선생님, 역시 피부가 거칠어지셨네요. 흡반도 살짝 염증이 보이고—— 피로가 쌓인 게 아닐까요?"

"으응~……? 그런가……?"

촉수 끝이 그렌의 몸을 꽉 휘감았다. 평소 때처럼 흡반이 그렌의 몸에 달라붙었지만——.

"평소보다…… 흡입력이 약한 것 같군요."

"이, 이럴 수가……."

크툴리프가 손으로 얼굴을 덮었다.

얼굴보다 몸을 가렸으면 싶었지만── 어차피 그런 소리를 해 봤자 소용없다는 것을 그렌은 잘 알고 있었다.

평소에는 아플 정도로 몸에 달라붙는 흡반이었지만 오늘은 힘이 약했다. 촉수의 움직임도 왠지 모르게 둔해 보였다. 몸에 자국이 남지도 않았다.

그렌으로서는 자신의 몸에 라미아의 비늘과 스킬라의 촉수 자국이 남는 건 익숙한 일이었지만── 막상 그게 없으니 어째선지 허전한 느낌이 들기도 했다.

(아니…… 그냥 내가 이상한 거겠지.)

자국이 남는 데 익숙해져서 뭘 어쩌겠단 말인가. 그렌은 고개를 저었다.

"역시 피로가 쌓인 게 아닐까 싶군요."

"그런가아~……. 아아, 진짜. 아직 팔팔하다고 생각했는데……."

그렌은 나이를 언급하지는 않았지만.

크툴리프는 자신이 나이를 먹은 탓에 피로가 쌓인 거라 생각하고 있는 모양이었다. 눈에 띄게 풀이 죽은 모습이었다.

"잠은 잘 자고 있는데……."

정말일까.

수로 거리에서는 환자가 증가하고 있으며 크툴리프에게는 일상적으로 이루어지는 병원 업무도 있다. 잠을 잘 자고 있다는 크툴리프의 말은 선뜻 믿기 힘들었다.

"동쪽에서 이제 막 돌아오신 참이니 아직 체력이 회복되지 않은 게 아닐까요?"

"그~렇지는 않아. 왜냐하면 동쪽에서 온천을 실컷 즐기고 왔거든. 여유롭고 느긋하게 지내다 왔지……. 스카디의 몸에서도 딱히 별다른 문제는 없었으니 사실상 그냥 휴가를 갔다 온 거나 마찬가지였거든."

동쪽 나라에는 수많은 종류의 온천이 있다.

그렌 또한 탕치(湯治) 효과는 잘 알고 있었다. 피로를 풀어 주는 데에도 효과가 있을 터──였을 텐데 크툴리프의 피부 질환은 심각한 상태였다.

수생 마족의 피부는 수중에 적응하여 점막으로 덮여 있다.

그 미끈거리는 점막이 담수와 바닷물로부터 몸을 보호해 주고 있었다. 피부가 헤지면 거기에서 점막에 틈이 생기고, 체액 성분의 균형이 망가지게 된다.

피부 질환이라고 해서 가볍게 여기면 안 된다. 수생 마족은 피부 점막에 문제가 생기면 커다란 질환으로 이어질 수도 있다.

"그렌~……. 좀 더어~……. 힘 좀 더 실어 봐아~……."

"네에네에."

촉수에 휘감기면서 스승에게 마사지를 계속하는 그렌.

"아아, 거기거기…… 좋아아."

"크툴리프 선생님, 휴가를 좀 길게 가지시는 게 어떨까요?"

"그래그래, 이번 일이 잘 마무리되면 그렇게 할게. 거기 더 세게. 앗, 웃, 좋아……."

크툴리프는 지금 당장에라도 곯아떨어질 것 같은 모습이었다.

촉수 마사지를 얼추 끝낸 그렌. 힘쓰는 일은 익숙지 않다 보니 이마에는 땀이 맺혔고, 양팔은 점막으로 흠뻑 젖었다.

"시술은 이걸로 끝입니다만…… 선생님, 피부가 거칠어지셨네요."

"그건 알고 있어. 너무 같은 소리만 반복하면 마이너스 백 점을 줄 거라고."

"네……. 다만, 진찰을 해 보니 반대가 아닐까 싶네요."

"반대?"

크툴리프가 머리카락 사이로 흐리멍덩한 눈동자를 보였다.

"네, 다시 말해서 피로해져서 피부 질환이 일어난 게 아니라—— 피부 질환이 원인이라서 쉽게 피로해지는 것이죠."

"……."

"근육이 과도하게 뭉쳐 있어요. 피부 질환 때문에 흡반의 흡입력이 약해졌죠. 때문에 뭘 하든 필요 이상으로 힘을 실어야만 하니까 결과적으로 근육을 혹사하게 되는 거고요……."

"아아——."

짐작 가는 구석이 있는 모양인지 크툴리프가 시선을 내리깔았다.

크툴리프의 피부 질환도 역시나 수질 악화가 원인인 걸까.

그리고 떨어진 흡반의 힘을 보충하기 위해 온몸—— 특히나 하반신 촉수에 무리하게 힘이 실리다 보면 쉽게 피로해진다. 크툴리프의 피로는 과로 때문에 쌓인 게 아니었던 것이다.

그렇다면 피부 질환을 고쳐야만 크툴리프의 피로도 풀린다는 말이 된다.

"역시 치료는 약물 목욕이 제일 좋을 겁니다. 하지만 수로 거리의 약물 목욕탕은…… 지금은 다른 환자분들이 이용하느라 붐비고 있겠군요."

"아, 여기 바로 뒤에 내 욕실이 있으니까 거길 쓰면 돼."

"네, 그 뒤에는 영양을 듬뿍 섭취하고 푹 쉬면 괜찮아지실 겁니다."

"생각해 볼게."

크툴리프가 쌀쌀맞게 대답했다.

나태해 보이지만 책임감 있는 여성이다. ──정말로 중요한 일은 그렌에게 맡기지 않을 것이다. 스카디의 주치의 일도 아직 그만두지 않았다. 말로는 은퇴하겠다고 한 적도 있었지만 그녀가 정말로 은퇴하는 건 아마도 먼 훗날의 일일 테지.

"그럼, 저는 이만──."

"기다려."

"으엑."

그렌은 양손에 묻은 점액을 닦고 원장실을 나서려고 했지만 그 목으로 촉수가 뻗어 왔다.

질식하지 않도록 힘은 조절하고 있지만 다짜고짜 목을 노리는 건 자제했으면 싶었다.

"너도 몸이 많이 더러워졌잖니. 같이 들어가자── 예전처럼."

"네, 네에……?! 서, 선생님, 전 이제 더 이상 어린애가 아닙니다만."

"내가 볼 땐 아직 어린앤데 뭘."

크툴리프가 수로에서 몸을 일으켰다.

그러고 보니 그녀는 안경을 쓴 상태였다.

크툴리프는 시력이 낮지만 스킬라족은 자신의 촉수로 맛과 냄새조차 감지할 수 있다. 주위 상황은 말 그대로 손에 잡힐 듯 알고 있었기에 시력에 크게 의존하지 않았다.

그래도 고급 물건인 안경을 애용하고 있는 건 원장으로서의 입장이 있기 때문일까.

"가끔은 같이 들어가자. 응? 그렌."

"서, 선생님! 스킬라족 전용 약물로 같이 목욕을 하는 건 좀."

"그럼 아무것도 넣지 말고 그냥 목욕하면 되지."

"그러면 아무 의미가 없잖습니까!"

애당초 크툴리프가 그렌의 항의를 들어줄 리 만무했다.

그렌은 크툴리프에게 이끌려 그녀 전용 욕실로 향하게 되었다.

"후우우————————."

크툴리프가 욕조에 몸을 담그고 한숨을 내쉬었다.

결국 그렌은 그녀와 혼욕을 하는 신세가 되고 말았다. 스킬라 전용 욕조는 제법 넓어서 둘이서 같이 들어가도 여유로웠다.

그래도 그렌이 허리에 천을 두르는 건 허락해 주었지만, 크툴리프는 알몸이었다. 그렌은 시선을 어디에 두어야 할지 알 수 없어서——그리고 이런 광경을 사페가 봤다가는 무슨 소릴 들을지 알 수 없어서 되도록 엉뚱한 곳을 쳐다보았다.

그렌의 몸은 촉수가 꽉 껴안고 있는 상태였다.

"크툴리프 선생님은 원래 목욕을 이렇게나 좋아하셨던가요?"

"동쪽의 온천이 기분 좋았거든. 그러니 이쪽에서도 하려고."

그냥 따뜻하게 데운 물에 온천과 같은 효과는 없다.

그렌은 자신의 몸을 감추고자 욕조에 몸을 담갔다. 그러자 실오라기 하나 걸치지 않은 크툴리프의 몸이 눈에 들어왔다. 곤란했다. 무척이나.

"그리고 보니 그렌, 동쪽에서 네 형과 만났어. 소엔, 이라고 했던가?"

"어, 아…… 그게."

"그렌을 잘 부탁한다고 하더라. ——앞으로도 잘 해 보자?"

그렌은 뭐라 말해야 좋을지 알 수 없어서 말을 머뭇거렸다.

상인 집안의 차남인 그렌 리트바이트는 부모님의 반대를 무릅쓰고 마족 아카데미에 입학했다. 아버지는 상회를 이어받은 형 소엔을 돕는 데 그렌의 재능을 써 주었으면 싶었던 모양이지만 ——그렌은 의사가 되는 게 꿈이었다.

그 결과, 본가와는 거의 절연 상태였다——. 여동생이 린트블룸에 오기 전까지는 말이다.

"……형하고는 지금 접점이 없거든요."

"하지만 여동생이 왔다면서? 그래서 결혼 소동까지 일어났다고 들었어. 이제는 관계없다고 말할 수 없을 것 같은데."

"그렇, 군요……."

그렌은 머리를 싸쥐었다. 형은 합리주의자이자 뼛속부터 상인이다. 설령 가족이라 하더라도 자신에게 손해가 되면 가차 없이 내치는 박정한 면모를 가지고 있었다.

껄끄러운 인식이 있는 건 당연했으며 가급적 엮이기도 싫었다 —— 그렌이 린트 블룸에 있는 한은 서로 만날 일도 없을 테지만.

"저번에 식사 대접을 받은 적이 있었거든."

"스카디 씨와 선생님이 린트 블룸의 권력자니까 그래요. 형은 자기 권익과 관련된 일이라면 열과 성을 다하거든요."

"훌륭한 정치가잖니."

"——저는, 정치는 잘 모르겠어요."

자신은.

때때로 이해타산은 내팽개치고서 누군가를 돕곤 했다. 형과는 전혀 다른 인종이었다. 위정자와도, 상인과도 맞지 않는 성격인 것이다.

하지만 자신의 이러한 성격도 의사라면 도움이 된다.

"그래도 다행이네요, 크툴리프 선생님. 동쪽에서 마음껏 휴식을 취하고 오신 것 같아서요."

"동감이야. 그런데 돌아오자마자 수질 오염 문제가 터질 줄이야. 대체 이게 어떻게 된 일인지 원. 비블 산맥에서 흘러드는 물은 대륙에서도 손꼽힐 정도로 좋은 물인데 말이야."

"저도 모르겠습니다. 그 부분은 키클로 공방 분들에게 맡겨야 되지 않을까 싶네요."

"그러게."

도시가 발전하는 데 물은 필수다.

복통을 호소하는 환자들이 증가하고 있다는 걸 보면 식수도 오염되었을 가능성이 있다. 어쩌면 그렌이 지금 몸을 담그고 있는 이 물도——.

(……조금, 따끔거리는 것 같은데?)

그렌은 목욕을 하다가 위화감을 받았다. 물에 담근 몸 부위를 무언가가 살짝 찌르는 듯한 감각이 느껴졌다.

린트 블룸에 흐르는 물에 역시나 이변이 발생한 것일까.

크툴리프 쪽을 흘끗 쳐다보았다. 역시나 그녀는 피로가 쌓였던 모양인지 흐리멍덩한 표정으로 금방이라도 잠들 것만 같았다.

크툴리프의 얼굴.

그녀가 쓰고 있는 안경이 살짝 변색되어 있다는 사실을 알아차렸다. 고급 물건인 안경 프레임에는 귀금속이 부분적으로 사용된다.

(……설마.)

수로 거리에서 발생한 이변.

그렌이 느낀 따끔거리는 감각.

그리고, 크툴리프가 쓴 안경의 색깔——.

"크툴리프 선생님…… 평소에도 목욕할 때 안경을 쓰십니까?"

"응~? 그럴 리가 없잖니. 요즘에는 목욕할 때도 서류를 읽곤 하니까 쓰고 있을 뿐이야."

"다시 말해…… 최근에는 린트 블룸의 물에만 들어갔다……?"

그렌이.

크툴리프의 안경을 빼앗았다. 갑자기 시력을 잃자 크툴리프는 당황했지만── 그렌은 안경 프레임을 관찰했다.

프레임 소재는 주로 금이 사용된 것 같았지만 부분적으로 다른 소재도 사용된 것 같았다. 은 부분이 변색되어 있었기에 곧바로 알 수 있었다.

"은……."

은은 유황에 반응하여 변색한다.

온천도 유황을 함유하고 있기에 가령 크툴리프가 온천에 들어갔을 적에도 이 안경을 쓰고 들어갔다면 그때 변색되었을 수도 있다. 하지만 유황을 함유하고 있는 건 그 외에도 있다.

이를테면.

독극물── 지금도 귀족들이 은으로 된 식기를 애용하고 있는 건 음식에 비소가 섞여 들어가는 걸 주의하기 위함이다. 순도가 낮은 비소에는 유황이 섞여 있기 때문이다.

"선생님, 은이 변색되어 있어요."

"……뭐라고?"

"혹시 수로 거리에서 환자들이 증가하고 있는 건 수질 악화나 환경의 변화 때문이 아니라…… 어쩌면 독 때문이 아닐까요?"

유독물 낚시, 라는 낚시 방법이 있다.

강에다 직접 독을 퍼뜨려 물고기를 약하게 만든 뒤에 잡는 방식이다. 물론 독의 종류에 따라서는 물고기 외의 다른 생물도 죽이기에 환경에 지대한 영향을 끼친다. 지금은 그런 식으로 낚시를 하는 곳은 없는 걸로 알고 있지만.

만약 그와 같은 방법을 수로 거리에서도 사용하면 어떻게 될까.

수많은 수생 마족들이 살고 있는 수로 거리―― 만약 그 생활 용수가 독으로 오염된 상태라면?

"선생님, 안경을 벗으면 잘 안 보이시니까 모르셨나 보군요."

"은으로 된 제품은 달리 갖고 있지 않거든. 하지만 그렌, 잠깐만 기다려 봐. 다시 말해서 이번에 환자들이 증가하고 있는 건…… 인위적이라는 얘기니?"

"모르겠습니다. 저도 아직은 가설을 세운 단계에 불과하니까요."

"…………."

크툴리프는 촉수 끝을 곱씹으며 생각에 잠겼다.

"……은으로 된 프레임이 변색되었다, 그것만으로는 근거가 부족한데."

"네, 하지만 그렇기에 제가 조사해 봐야 합니다―― 아직 사망자는 나오지 않았어요. 가령 독을 퍼뜨렸다 해도 그리 강한 독은 아닐 겁니다. 지금 당장 움직이죠!"

그렌의 말에 크툴리프도 고개를 끄덕였다.

"알았어. 그럼 독약 전문가에게 부탁해 볼까."

"네."

사페를 말하는 것이었다.

암살자로서 자란 사페는 독약을 제조하는 데도 정통했다. 만약 독약이 퍼진 것이라면, 약사인 그녀는 독약의 종류를 알아내 중화제를 제작해 줄 수 있을 것이다.

"그렇지만 순찰대도 있는데 린트 블룸에 독을 반입하는 게 가능할까요……?"

"그 일은 스카디 소관이야, 그렌. 그리고 저번에도 도플갱어 소동이 있었잖니. 무슨 일에든 구멍은 있는 법이거든. 우리가 해야 할 일은 사망자가 나오지 않도록 최선을 다하는 것—— 그 것뿐이야."

그렌은 고개를 끄덕였다.

약한 독이라 해도 치사량은 개인마다 다르다. 노인이나 어린 아이, 다른 병을 앓고 있는 사람은 죽음에 이를 가능성도 충분했다.

몸이 약한 루라라의 어머니와 여동생의 모습이 머릿속을 스쳐 지나갔다.

"알겠습니다. 곧바로 조사할게요."

크툴리프가 욕조에서 몸을 일으키고 그 커다란 가슴을 폈다. 그녀는 나태하다는 소리를 듣는 일도 많지만 책임감은 남들보다 곱절로 강했다.

그렌이 그런 생각을 하고 있을 때였다.

뿌직, 하는 소리가 났다.

"윽?!"

크툴리프가 자신의 촉수를 물어뜯은 것이다.

크툴리프는 물어뜯은 촉수를 퉤 하고 뱉더니 그걸 그렌에게 내밀었다.

"서, 선생님?!"

"괜찮아. 또 자랄 텐데."

나이프로 잘라 낸 건 본 적 있었지만 입으로 물어뜯은 건 처음 봤다. 촉수 끝 부분이 아직도 꿈틀거리고 있었다.

"독을 조사하려면 독에 노출된 체조직이 필요하잖니. 수로 거리의 물과 그 촉수를 사페한테 가지고 가렴. 자, 서둘러! 정말로 독이 퍼진 거라면 한시가 급해!"

"네, 넷!"

여전히 무모한 사람이었다.

"결과를 알아내면 곧바로 보고하겠습니다."

"그래, 나도 스카디에게 전해 둘 테니까──── 긴급 사태야. 이거 바빠지겠는걸."

그렌도 고개를 끄덕였다.

결혼 얘기도 있었지만, 만약 정말로 누군가가 독을 퍼뜨린 거라면 지금은 그런 일에 신경을 쓸 때가 아니었다. 환자를 치료하는 것부터 독극물의 종류를 알아내는 것까지 의사가 해야만하는 일은 산더미처럼 많을 것이다.

"……나 원, 소동이 끊이질 않는구나. 이 도시는."

그렌도 동감이었다.

용투녀의 수술, 도플갱어에 바로메츠. 그리고 수로 거리의 독극물 소동까지. 도시의 위기가 끊이질 않았다.

그렇기에 그렌은 이 도시와 마족을 위해 자신이 해야 할 일을 하는 것이다.

"——분발합시다, 선생님."

그렌은 서둘러 옷을 갈아입은 뒤에 백의를 걸쳤다.

위기에 빠지기는 했지만—— 크툴리프와 같은 원장 일보다도 이렇게 의료를 위해 분주하게 움직이는 것 자체가 자신이 하고 싶은 일일지도 모른다.

다른 사람을 위해 자기 몸을 혹사하는 것이 적성에 맞았다.

그렇게 생각하는 그렌이었다.

"제기랄, 이 자식이……."

소엔 리트바이트는 몹시 분주했다.

서류에 파묻힌 집무실에서 그는 일에 쫓기고 있었다. 애당초 소엔이 가지고 있는 직함은 한두 개가 아니었다. 수없이 많은 일들이 소엔에게 주어졌다.

리트바이트 가문의 가주로서 해야 하는 일.

그리고 가주가 되면서 아버지로부터 필연적으로 이어받게 된 동방 상회 동맹의 업무가 있었다. 소엔은 그 간부로서 자신의 직위에 맞는 일을 떠맡고 있었다.

그리고 원로 비서로서 해야 할 일도 있었다. 소엔은 상회 동맹 간부의 지위를 이용하여 정계에도 발을 들일 수 있었다. 옛 상사는 지금 감옥에 있지만, 지금은 특정 원로 밑에서 일하지 않고 여기저기서 잡무를 떠맡는 신세가 되고 말았다.

그건 그거대로 움직이기 쉬웠지만 그래도 해야 할 일들이 너무 많았다.

"……이놈이고 저놈이고 나한테 떠넘기기만 하고 말이야."

소엔은 어이가 없을 따름이었다.

그가 봤을 때 상회 동맹이건 원로원이건 무능한 놈들 천지였다. 이런 상황에서 장사와 정치가 돌아가고 있다는 게 신기할지경이었다.

——물론 그것은 소엔 본인이 유능하기 때문에 그렇게 보일 뿐이었지만, 그렇기에 그가 해야 할 일들은 늘었다. 소엔이 아니면 할 수 없는 어려운 일들이 끊임없이 쏟아지고 있었다.

"에이, 젠장할."

솔직히 마음 같아서는 죄다 다른 사람한테 떠넘기고 싶었다.

하지만 그럴 수는 없었다. 자신의 야심을 위해서는 자신이 유용하다는 인상을 원로들에게 계속해서 상기시킬 필요가 있었다. 일에서 손을 떼는 건 신뢰에서 가장 멀어지는 행위다.

그런 생각을 하고 있는데.

"실례합니다, 소엔 님."

머리에 두건을 쓴 하녀가 미닫이문을 열고 방 안으로 들어왔다.

"……뭐냐. 보다시피 바쁜데."

"심부름꾼이 서한을 가지고 왔기에 전해드리러 왔습니다."

"심부름꾼이라고? 어디서 왔는데?"

"서쪽 마족령에서 왔다고 들었습니다. ——라미아가 보낸 심부름꾼이었습니다."

소엔은 인상을 찌푸렸다.

그의 머릿속에 떠오른 건 과거에 잠시 리트바이트 저택에서 함께 살았던 어떤 여성이었다. 자신의 남동생과 여동생은 그 여성과 무척이나 친하게 지냈지만, 소엔은 도저히 그녀를 좋아할 수 없었다.

"서한을 건네고는 곧장 사라졌습니다."

"이리 줘 봐."

소엔은 서한을 건네받자마자 곧바로 내용을 확인했다.

"……아~. 젠장할."

"왜 그러십니까?"

"아무것도 아니야. 그냥 귀찮은 일이 늘었을 뿐이지. 은신에 뛰어난 사람 몇 명을 린트 블룸에 보내게 생겼어."

소엔은 머리를 쥐어뜯었다.

하녀는 어안이 벙벙했다. 애당초 소엔은 그녀가 알아듣기 쉽게 말하고 있는 건 아니었지만, 총명한 하녀는 눈웃음을 지었다.

"……소엔 님께서도 가시는 건지요?"

"아직 그렇다고 결정된 건 아니지만……."

"출장 갈 채비를 해 놓겠습니다."

하녀는 소엔의 말을 들었는지 못 들었는지 소엔이 린트 블룸으로 향할 거라 판단한 모양이었다. 그녀는 미닫이문을 닫고서 종종걸음으로 복도를 달려 나갔다.

여전히 자기 말은 듣지도 않는 하녀였다. 소엔은 어이가 없었다.

"나 원…… 이제 와서 네이크스 쪽 사람과 또 엮이게 될 줄이야."

서한에는 뱀이 약병을 휘감은 문장(紋章)이 찍혀 있었다.

과거 리트바이트 가문과 동맹을 맺었던 네이크스 가문이 보낸 서한이었다. 리트바이트의 가주가 소엔으로 바뀌었기에 그에게 온 거겠지만.

"그렌에게 연락…… 아니, 알리지 않는 게 좋을지도 모르겠군."

소엔의 머릿속에서는 이미 수많은 책략들이 소용돌이치고 있었다.

수많은 요소들을 천칭에 놓고 조금이라도 더 기울어진 쪽을 택한다. 특히나 지금의 소엔은 다른 자들보다 더 많은 것들을 알고 있었다. 이 정보를 어떻게 활용할 것인가. 누구에게 무엇을 알리고 무엇을 알리지 않는 게 좋을 것인가.

"제기랄…… 정말 린트 블룸에 가 봐야 할 것 같잖아."

여러모로 고민을 거듭한 끝에 결국 하녀가 한 말대로 흘러가는 게 마음에 안 들었다.

하지만 어쩔 수 없었다. 산더미처럼 쌓인 일들을 다른 사람에게 맡길 수밖에 없었다. 네이크스의 서한에 나와 있는 정보가 확실하다면 린트 블룸에서 성가신 일이 일어날 것이다.

"일단은…… 원로에게 확인해 봐야겠군."

소엔은 한숨을 내쉬었다.

하지만 수많은 서류와 씨름하는 것보다는 출장 가는 게 마음은 조금 더 편할지도 모른다. 게다가 한동안 만나지 못했던 동생들의 얼굴도 볼 수 있을 테지.

"……그 녀석들은 과연 어떤 표정을 지을지."

소엔은 질색하는 동생들의 표정을 상상하며 혼자 큭큭거리며 웃었다.

　　수로 거리에 독이 퍼졌다는 보도는 린트 블룸의 의회 공보를 통해 온 도시로 빠르게 퍼져 나갔다.

　　스카디가 주도하는 공보는 정보 취급에 세심한 주의를 기울이고 있었다. 패닉이 발생하지 않도록 침착하게 행동할 것을 호소하고 있었다.

　　공보에 따르면 독은 매우 약하다는 것. 건강한 수생 마족이라면 그렇게까지 위험하지 않다는 것. 노인과 어린아이, 몸이 약한 자들은 비블 강에 설치된 피난소로 이동할 것. 그런 내용들이 포함되어 있었다.

　　그리고 수로 거리가 아니더라도 식수는 주의해서 마실 것과, 불안할 경우에는 슬라임족이 직접 검사한 물을 사용할 것 등을 호소했다.

　　이 때문에 주민들 중에서는 굳이 비블 산에 있는 하피 마을로 가서 물을 길어 오는 자마저 있었다. 산에서 길어 온 물에는 독이 없다는 사실이 확인되었기 때문이다.

　　의회의 적절한 대처 덕분에 혼란은 일어나지 않았다. 아직 사망자가 나오지 않았다는 점도 있었을 것이고, 스카디가 공보를 통해 냉정하게 행동할 것을 연설한 점도 주효했을 것이다.

하지만—— 독이 퍼졌다는 충격이 곧바로 불식되지는 않았다.

얼마 전에 있었던 바로메츠 사건도 있었기에 린트 블룸에서는 불안감이 퍼지고 있었다. 아루루나 농장에서 재배하고 있는 작물이 독에 오염된 거 아니냐는 소문이나, 독을 퍼뜨린 건 인간령이 전쟁을 일으키기 위한 모종의 책략이라는 소문이 주민들 사이에서 은연중에 퍼져 나갔다.

서둘러 무슨 수를 써야만 했다.

스카디를 비롯한 의회 사람들은 한시라도 빨리 다음 대책을 마련할 필요에 쫓기고 있었다.

수로 거리의 물은 린트 블룸의 북쪽에 있는 거대한 취수문을 거쳐 흐르고 있었다.

물소리가 폭포처럼 울려 퍼졌다. 수위가 다른 강에서 물을 끌어들이기 위해 만들어진 취수문은 린트 블룸의 최신 기술들이 집합체다.

그날 그렌은 '키클로 공방'의 사이클롭스들과 함께 취수문 설비의 일부—— 강물을 정화하는 곳을 방문했다.

강에서 끌어들인 물을 수생 마족이 살기 좋게 정화하는 설비였다.

그렌은 이해할 수 없는 기계와 톱니바퀴가 요란한 소리를 내며 돌아가고 있었다. 언뜻 보면 어마어마한 설비였지만, 정수

하는 과정은 물을 여과재에 통과시키기만 하면 되기에 그 구조는 간단하다고 한다.

중심부에는 원래 물이 흐르고 있기에 기계 내부에서 여과된 물이 수로 거리로 흘러갔지만——지금은 물의 흐름을 막아 놓은 상태였다. 사이클롭스들은 여과기를 구석구석 점검했다. 여과재도 기계 밖으로 꺼내 꼼꼼하게 조사했다.

"메메, 어때?"

"지, 지금 조사하고 있어. 보면 알잖아!"

친한 사이의 사이클롭스에게 말을 걸었더니 그런 대답이 돌아왔다. 뭐, 그녀가 이런 반응을 보이는 건 늘 있는 일이었기에 그렌은 딱히 신경 쓰지 않았다.

——수로 거리의 수질이 악화된 원인은 독극물이라 판단되었다.

회의 대표 스카디의 이름으로 수로 거리에 긴급 통지가 전달되었다. 치료약을 대량으로 마련할 준비와 중상자를 중앙 병원으로 이송할 준비가 시작되었다. 이 부분은 크툴리프가 잘 지휘하고 있을 것이다.

순찰대에게는 한시라도 빨리 범인을 잡아내라는 명령이 떨어졌다. 이 때문에 도시에서 순찰대 제복이 눈에 띄지 않는 날이 없었다. 투기장 투사들도 실력자들이 모여 순찰대를 돕고 있다고 한다.

그리고 리트바이트 진료소에는 독극물 종류를 파악하라는 명령과 독을 퍼뜨린 방법을 알아내라는 명령이 떨어졌다. 이건 독에 정통한 사페가 진료소에 있기 때문이다.

그리하여 그렌은 '키클로 공방'의 사이클롭스들과 함께 이 정수장까지 오게 되었다. 그리고 그렌의 조수, 사페가 말하기를——.

"수로 거리 전체에 독을 퍼뜨리려면 물의 입구—— 취수문과 정수장 사이의 어느 부분에서 손을 썼다고 보는 게 자연스럽겠죠. 적어도 제가 범인이라면 그랬을 거예요."

라고 한다.

그렌은 이 더할 나위 없이 귀중한 조언을 받아들였다.

"사, 사부도 그렇고…… 다들 화내고 있으니까, 지, 진지하게 할 거야! 의심하지 마!"

"의심하는 게 아니야. 사이클롭스가 일처리를 어떻게 하는지는 잘 알고 있으니까. 오히려 신뢰하고 있어."

"힉…… 그, 그렇게 뚫어져라 쳐다보니까 불안하잖아!"

메메는 눈물을 글썽이면서도 기계 사이에 있는 여과재를 꼼꼼하게 체크해 나갔다.

"그, 그치만, 이 설비에는…… 아무것도 없다고, 생각하는데? 왜냐하면 사이클롭스가 꼼꼼하게 점검하고 있으니까……."

"그래? 그렇지만 일단은 조사해 두는 게 상책이라고 봐."

"알고 있어. 뭐, 뭐어, 공방 장인들이 총출동해서 작업에 나섰으니까 무슨 이상이 있으면 알려 줄게……."

메메는 그렌 쪽을 흘끗흘끗 쳐다보면서도 작업을 계속했다.

하다못해 단서라도 잡을 수 있다면 좋으련만—— 그렌은 그렇게 생각했다. 범인과 이어진 단서만 찾아내면 그 뒷일은 스카디와 쿠나이, 순찰대가 처리해 줄 것이다.

그렌은 독으로 인한 피해가 이제 더 이상 발생하지 않았으면 싶었다.

"——차."

"메메?"

"차, 차, 차, 차."

경련하는 것처럼 목소리가 떨렸다.

무슨 발작이라도 일으킨 걸까—— 그렌은 그렇게 생각했지만 메메는 평소의 모습에서는 상상도 할 수 없을 만큼 민첩한 움직임으로 여과재 속에다 손을 찔러 넣었다.

그리고 그 속에서 꺼낸 건 보라색—— 보석처럼 보이는 물건이었다.

"차, 차, 찾았다아————!"

메메가 떨리는 목소리로 외쳤다.

"메메, 그거 독이니까 조심해."

"아, 아, 알고 있어! 이래 봬도 평소에 수은 같은 것도 잘 다루고 있거든! 에잇."

메메는 준비해 온 유리병 안에다 그 보석처럼 생긴 것을 넣었다. 그러고는 재빨리 코르크 마개로 병을 밀봉했다.

그 독극물은 피부에 작용하는 것으로 추정되었지만 메메는 두꺼운 장갑을 끼고 있었기에 별다른 문제는 없을 것이다. 독극물과 접촉한 장갑은 그대로 벗어서 용기 안에다 넣었다. 나중에 소각할 테지.

"……그, 그래서, 이게 뭔데?! 무슨 독이야?!"

"으~음……."

유리병에 넣은, 세로로 긴 마름모꼴 육면체.

아름답게 잘 연마된 보라색 보석처럼 보였지만——.

"유독 금속……? 아니, 그게 아니야. 이건 독액?"

육면체 모서리에서 보라색 액체가 살짝 배어 나오고 있는 것이 보였다. 보석처럼 보이기는 했지만 어쩌면 이것은 내부에 독액을 채워 넣은 특수한 용기일지도 모른다. 마치 한번 설치해 놓으면 독이 조금씩 배어 나오는 것 같은.

한 방울씩, 한 방울씩 수로에 독을 퍼뜨리는 것 같은——.

"서, 선생님도, 이게 뭔지 모르겠어?"

"난 독을 설치하는 쪽에 관해서는 문외한이거든. 게다가 이 독액과 용기는 언뜻 보기만 해서는 절대로 알 수 없어. 독을 다루는 데 뛰어난 전문가가 수로 거리에 독을 퍼뜨릴 목적으로 손수 만든 게 아닐까 싶은데."

말하자면 설치식 독 함정이다.

이걸 만든 자는 초짜가 아니다. 사람 목숨을 빼앗는 데 익숙한 자의 소행이었다.

"이런 걸…… 대체 언제……. 매일 점검하고 있으니까 모를 리가 없었을 텐데."

"일단 사페에게도 보여 주자. 사페가 훨씬 더 전문가니까."

처음부터 이곳에 있었던 걸까?

마치 사이클롭스들에게 발견되기를 기다리고 있었던 것 같은 —— 그 때문에 일부러 이곳에 설치한 것 같은 느낌마저 들었다.

"대체 뭐지……."

수상한 누군가가 린트 블룸에서 암약하고 있다는 느낌이 들었다. 그렌은 등골이 오싹해졌다.

"어, 어쨌거나 계속 조사해 볼 거야! 이런 게 몇 개나 나온다면 사이클롭스의 체면이 말이 아닐 테니까! 그래도 되겠지, 선생님?! 사부랑 할아버지들이랑 계속 작업할 거라고!"

"왜 그러냐, 메메. 갑자기 기운이 넘치는구나."

공방장을 비롯한 사이클롭스들이 메메가 분발하는 모습을 보고 웃었다.

손녀딸 같은 메메가 성장한 게 기쁜 걸지도 모른다. 메메는 웃음소리를 듣고도 신경 쓰는 기색 하나 없이 그 커다란 눈으로 장인들을 둘러보았다.

"친구가 살고 있는 곳에 독을 퍼뜨렸는데! 내가 화 안 내게 생겼어! 절대로 용서하지 않을 거야!"

"오오, 오오, 그렇고말고! 린트 블룸의 주민들은 모두 친구지. 자아, 다들 정신 바짝 차리고 마저 작업해라!"

사이클롭스들이 "오오오!" 하고 소리를 내질렀다.

사이클롭스들의 사기는 이를 계기로 순식간에 올라갔다. 원래 장인 기질이 있는 그들이 작업을 대충할 리는 없을 테지만——

당대의 기술을 결집해서 만든 정수 설비에 누군가가 독을 퍼뜨렸으니, 그 긍지에 상처를 받은 것도 있었을 것이다.

하지만——.

그 뒤에 사이클롭스들을 총동원했음에도 불구하고 독극물은 메메가 채취한 것 말고는 발견되지 않았다. 수로 거리 전역에 영향을 끼치는 독이 손바닥만 한 마름모꼴 육면체 하나에서 비롯되었다는 건 선뜻 믿기 힘들었지만——.

어쨌거나 독극물을 찾았을 뿐만 아니라 채취하는 데도 성공했다.

사페라면 분명 이 독을 통해 범인을 알아낼 수 있는 단서를 찾아낼 것이다—— 그렌은 그렇게 믿었다.

"생물 농축으로 만든 독극물이네요."

사페가 몇 장의 보고서를 손에 쥐고서 말했다.

진료소의 어느 방—— 이곳은 사페 전용 약제실이었다.

독극물을 취급해서 그런지 사페는 늘 입는 간호사복에 마스크와 장갑을 착용하여 철저하게 대비했지만—— 지금은 마스크를 벗고 서류를 읽어 주었다.

그렌은 정수장에서 발견한 독을 곧바로 사페에게 해석해 달라고 부탁했다.

중앙 병원에도 똑같은 샘플을 보냈고, 그쪽에서도 조사에 들어갈 예정이다.

독극물을 발견한 뒤로 일주일이 지났다.

수로 거리에서는 환자 수 증가가 딱 멈추었다. 추가로 피부와 호흡기 질환을 호소하는 환자 수도 상당히 줄었고, 지상에서 복통을 호소하는 환자 수 또한 격감했다. 식수는 독의 영향으로부터 벗어났다고 봐도 무방할 것이다.

다시 말해.

메메가 발견한 그것—— 독이 들어가 있는 마름모꼴 육면체는 역시나 수로 거리 전체에 영향을 끼쳤던 원흉이었던 것이다.

"생물 농축이라고……?"

"네, 예를 들어 어떤 독 개구리는 원래 독을 가지고 있지 않지만, 독을 가진 개미나 진드기 같은 걸 포식하면 몸 안에 독이 농축되어 이윽고 맹독을 지니게 되죠."

"……그러니까, 다시 말하자면 그 독을 추출했다는 얘기야?"

"그런 거죠. 독을 가진 몇몇 마족—— 예를 들자면, 제가 아는 바로는 희귀 종족인 만티코어족 등이 있는데, 그들은 자신들에게 내성이 있는 독극물을 기나긴 세월에 걸쳐서 섭취해요. 그렇게 하면 그들 몸 안에는 원래 자연적으로는 존재할 수 없는 수준의 맹독이 만들어지죠."

그렌은 수로 거리에 퍼졌던 그 꺼림칙한 보라색을 띤 독약을 떠올렸다.

"라미아에게도 독을 가진 아종이 있어요. 네이크스 가문의 선조 중에도 그러한 독을 계속 섭취함으로써 온몸에 독을 품게 됐다고 하는 전설의 암살자가 있었죠. 심지어 입김만으로 사람을 죽였다고 하네요."

"그거 굉장한데——. 그런 위험한 인물이 린트 블룸에 들어왔을 거라고는 보기 어렵지만."

"이 얘기는 어디까지나 전설에 불과해요. 온몸에 독선이 지나치게 발달한 나머지 온몸에 문신 같은 문양이 있었다고 하네요——. 겉모습이 그러니 암살에는 적합하지 않았겠죠."

"그, 그렇구나."

린트 블룸의 관문은 비교적 느슨하기에 상인과 관광객도 출입할 수 있지만 그래도 검사는 한다. 독을 가지고 침입하는 건 결코 쉬운 일이 아닐 것이다. 그 독을 가지고 들어온 자는 무척이나 교묘한 수법으로 위장하여 반입한 모양이었다.

"어쨌거나 이 독은 일반적인 방법으로는 만들 수 없는 맹독이라는 얘기예요. 그리고 내용물이 거의 줄지 않았어요. 물에 노출되어 있었던 게 아닌 것 같아요."

"어?"

그건 이상했다.

독이 든 결정체는 정수장 여과재 속에서 발견되었다. 정수 설비에는 늘 물이 흐르고 있을 텐데——.

"다른 곳에 있던 것을 일부러 발견하기 쉬운 곳으로 옮겼던 것 같네요. 계속 정수 설비 내부에 있었다면 좀 더 많은 독이 흘러 들었을 것이고—— 훨씬 더 많은 피해가 발생했겠죠."

"……잠깐. 그렇다면."

"범인은 독의 양을 조절하고 있어요. 아무도 죽지 않도록, 쓸데없이 피해가 확산되지 않도록 말이죠. 그리고 이제 적당한 때라 판단하고 일부러 메메 씨에게 독이 발견되도록 한 거예요. 마치 더 이상 독을 퍼뜨리지 않겠다는 것처럼 말이죠…….”

암살자의 혈통을 이어받았으면서도 약사를 지향하는 사페는 역시나 그러한 수법에 정통했다.

그리고 그녀가 이렇게까지 말하는 걸 보니── 이 독을 퍼뜨린 자는 무척이나 노련하다는 것 또한 의심의 여지가 없었다.

“일단은 지금까지 정리한 보고서를 크툴리프 님께 전해드릴 게요.”

요정 하나가 사페가 꼬리로 내민 보고서를 건네받았다. 이제 곧장 중앙 병원까지 운반해 줄 것이다. 요정 전령은 때로는 우편보다 더 빨랐다.

“생물 농축으로 만든 독극물이니…… 좀 더 상세히 조사해 보면 어느 마족에게서 채취한 독극물인지도 알아낼 수 있을 거예요.”

“정말로?”

“네, 토드족, 만티코어족, 혹은 리자드포크나 독을 가진 라미아의 아종…… 어느 종족인지는 좀 더 시간을 들여서 조사해 보면 알아낼 수 있을 거예요. 범인을 특정할 수 있는 단서가 되었으면 좋겠네요.”

“그러게. 고마워. 분명 수사도 진전될 거야.”

그렌은 고개를 끄덕였지만, 사페의 표정은 아직도 딱딱했다.

꽤나 무시무시한 독극물인 모양이었다. 독에 내성이 있는 종족이 독을 섭취하여 만든 독. 애당초 그렌은 그러한 기술이 오늘날까지 전해져 왔다는 사실이 믿기지가 않았다. 의사의 길과는 완전히 대척점에 있는, 정도와 도리에서 벗어난 기술.

"어쨌거나 저는 좀 더 조사해 볼게요."

"그래. 부탁할게."

그렌은 고개를 끄덕였다.

도시 전체로 보면 환자 수는 감소했고 이번 수로 거리 소동도 의사로서 해야 할 일은 마무리되고 있었다. ——하지만 린트블룸 의회와 순찰대는 이제부터 본격적으로 바빠질 것이다. 범인을 잡기 전까지는 불안이 될 거라 보기는 어려우니까 말이다.

다만——.

"그런데, 사페."

"왜 그러시죠?"

"수로 거리에 독을 퍼뜨린 범인은…… 이런 일에 익숙한 거지? 먼저 선수를 쳤음에도 사망자가 나오지 않도록 했어……. 대체 뭐가 목적일까?"

"모르겠네요——. 하지만, 이 독은 일개 악당이 쓸 만한 물건이 아니에요. 자칫 잘못 섭취했다간 사용자 자신이 죽을 텐데도 그런 독극물을 제대로 다루고 있어요. 저랑 마찬가지로 독에 전문적인 지식을 가진 자의 소행이겠죠."

"그렇다는 말은……."

"네——. 아무래도 암살자 가문의 사람이 아닐까 싶네요."

그렌은 사페가 험악한 표정을 짓고 있던 이유를 이제야 이해했다.

예전에 노예상이 도시에서 암약했을 적에도 스카디 자신이 직접 해결에 나서야 했을 만한 사태로 이어졌었는데── 암살자라면 그 위험도는 더욱 상승한다.

"독의 양을 조절한 이유는 모르겠지만, 범인이 마음만 먹으면 대량 학살을 벌일 수도 있었을 거예요. 그 점에 관한 의문도 포함해서 보고서에 써 놨어요."

"그, 그렇구나."

"이제 나머지는 순찰대에 맡기죠, 선생님."

그렌은 순찰대에서 일하고 있는 여동생을 떠올렸다.

여동생의 솜씨는 신뢰하고 있지만── 상대가 암살자였기에 걱정이 들었다. 정면에서 싸우는 건 괜찮을 테지만 여동생은 허점을 노린 공격에는 약했다.

"그리고, 선생님. 이리가 우편을 전해 주러 왔어요."

"아, 그래. 누구로부터 온 거지?"

"스큐티아의 영애가 보낸 거네요."

그렌은 사페가 건넨 편지를 받았다. 분명 그 편지지에는 스큐티아 가문의 문장으로 봉납되어 있었다.

사페의 눈이 쓱 가늘어졌다. 그렌의 등줄기가 떨렸다.

사페는 아무 말도 하지 않았지만, 질투심으로 가득한 그 감정이 그대로 전해져 왔다. 그렌은 스큐티아의 영애 티사리아로부터 거듭 열렬한 접촉을 받고 있었다.

"아무래도 맞선 신청을 보냈나 보네요."

"윽."

조금은 예상했었지만——.

그렌은 사페가 태우는 질투의 불꽃을 받으면서도 봉투를 뜯었다.

거기에는 맞선을 위해 중앙 광장에 있는 카페테리아로 와 달라—— 고 분명하게 적혀 있었다. 하지만 아무리 그래도.

"카페에서…… 맞선을 보자고?"

부르는 거야 문제없다고 쳐도 장소가 적합하지 않았다.

"어떻게 생각해?"

"글쎄요?"

사페는 시큰둥하게 대답했다. 하지만 그 시선은 그렌이 쥔 편지로 쏠리고 있었다.

"한번 가 보시지 그래요? 직접 편지까지 써서 보낼 정도니까 그 공주님도 초조한 거겠죠?"

"초조하다니?"

오늘따라 사페가 이상했다.

표정도 험악했고 말투도 쌀쌀맞았다. 왠지 모르게 가시 돋친 태도였다. 앞으로 맹독 검사도 해야 하고 안전도 신경 써야 하니까 신경이 날카로워진 걸까.

"티사리아가 무슨 생각을 하고 있는지는 저도 모르겠네요. 그러니까 서로 만나서 얘기해 볼 수밖에 없지 않겠어요? 안 그래요? 선생님."

사페가 꼬리 끝으로 그렌의 뺨을 살며시 어루만졌다.

그 동작에 어떤 의도가 있는지—— 그건 모르겠지만.

"그럼 전 계속해서 조사해 볼게요."

사페는 그렇게 말하고 대화를 끝내 버렸다.

"정말 죄송해요. 이렇게 오시라고 해서요."

티사리아는 중앙 광장에 있는 카페테리아에서 기다리고 있었다.

어째선지 테라스석이 아니라 카페의 구석진 자리에 앉아 있었다. 다짜고짜 날짜와 장소를 지정한 편지── 그것도 그렌이 오지 않으면 며칠이고 기다리겠다고 적혀 있었다. 그렇게까지 말을 하니 그렌도 갈 수밖에 없었다.

"아뇨…… 그게."

"실은, 맞선 때문에 오시라고 한 게 아니에요."

"그렇, 겠죠."

역시나 맞선 장소치고는 중앙 광장 카페테리아는 분위기가 너무 가벼웠다. 카페 구석진 자리에서 야채 주스를 마시고 있는 티사리아는 평소와 같은 갑옷 차림이었으며 따로 옷치장을 한 것도 아니었다.

"그럼, 대체 무슨 일로?"

"수로 거리에 관한 거예요."

"윽."

그렌의 표정이 바뀌었다. 수로 거리에 관한 거라는 말을 들으니 그곳에 퍼진 독을 떠올릴 수밖에 없었다.

"화급하면서도 중요한 얘기를 드리고 싶어서── 이렇게 오시라고 하는 게 제일 좋을 거라 생각했거든요. 그렌 선생님께도 알려 드리는 게 좋겠다 싶어서요."

"음? 그건 어떤……."

"수로 거리에서 수상한 인물을 목격했거든요──. 아아, 목소리 낮추세요."

그렌이 뭐라 말하기 전에 티사리아가 그렌의 입술에 손끝을 댔다.

"아직 확증은 없어요. 애당초 제가 본 것도 아니거든요……. 그 낯선 남자를 본 건 로나예요."

티사리아가 얼굴을 바짝 대고서 속삭였다.

"그걸…… 순찰대에게는 말했나요……?"

"이제 보고할 거예요. 하지만 그 전에 선생님께도 알려 드리고 싶었거든요."

"……어째서, 저에게?"

"로나는 수로 거리에서 수상한 사람을 봤다고 했어요. 인간 남성── 그것도 극동풍 복장이라고 했죠."

린트 블룸은 인간령과 마족령의 경계에 위치한 도시다.

극동의 문화도 받아들였으며 실제로 라돈 화류 거리에 있는 건축 양식은 동쪽풍이다. 또한 메메나 아라냐 같은 마족은 동쪽 풍 옷을 입는 경우도 많았다── 그래도 보기 드물다는 건 변함 없었지만.

"수상하다고 본 근거는 뭡니까……?"

"발소리를 전혀 내지 않고서 움직였다고 해요. 로나도 같은 기술을 습득한 데다 그 아이는 감이 좋거든요…… 평범한 관광객이었다면 그런 식으로 움직일 리가 없잖아요?"

"——그렇군요."

대체 어떻게 켄타우로스의 발굽으로 발소리를 내지 않고 움직일 수 있는 건지 그렌은 살짝 흥미가 동했지만, 일단 호기심은 제쳐 놓고 계속 대화에 집중하기로 했다.

"선생님, 이번 일—— 독을 퍼뜨리라고 명령한 게 동쪽 나라의 권력자가 아니냐는 소문도 있어요."

"아, 네. 저도 그 얘기는 언뜻 들었습니다만."

린트 블룸에서는 아직도 '수면병' 사건이 기억에 생생했다.

주민 대부분이 잠에 빠져 버렸던 그 사건은 주민들이 꿈속을 헤매고 있던 와중에 해결되었다. 하지만 그 원인이 동쪽 나라에서 가지고 온 바로메츠라는 것과, 극동의 공작이 뒤에서 수작을 부렸다는 건 사건이 끝난 뒤에도 린트 블룸에서 화젯거리가 되었다.

독을 퍼뜨린 것 또한 마족을 싫어하는 인간의 소행이 아닐까.

주민들이 그런 의심에 사로잡힌 것도 그리 이상한 일은 아니었다.

"원로원? 이라고 했나요. 동쪽의 기관에는…… 그렌 선생님의 형님 분이 계시다고 들었는데요."

"걱정해 주셔서 감사합니다. 하지만 형은 관계없습니다. 자기 신변이 위험해지는 짓은 안 하는 인간이거든요."

"그, 그런가요."

그렌은 티사리아가 맞선이라 꾸미고 자신을 몰래 불러낸 이유를 이제야 이해했다.

티사리아는 거기까지 걱정해 주었던 것이다.

만약 만에 하나라도 동쪽 나라에 있는 그렌의 형 소엔이 이번 사건과 연루되어 있다면── 그렌에게도 피해가 갈지도 모른다. 그렇기에 목격 보고를 순찰대에게 전하기 전에 그렌에게 먼저 가르쳐 주었던 것이다.

"게다가 아마도 인간령과는 관계가 없을 겁니다."

"……그건, 어째서죠?"

"그게, 이번에 사용된 독은 마족의 몸으로 농축해서 만든 것이라고 하더군요……. 다시 말해 독을 사용한 건 마족일 가능성이 높다고 합니다."

"그, 그렇군요. 나 원, 대체 어떤 종족이람. 어쨌거나 천벌을 내려야겠네요."

"그건 스카디 씨가 해결해 주실 테죠……."

동쪽의 인간들에게 마족의 몸으로 농축시킨 독을 다루는 지식 같은 게 있을 리 없었다. 마족 차별이 극단적으로 심한 영지였기에 오히려 마족에 관해 무지한 부분도 많았다.

인간령에 사는 자들 중에서 마족의 몸으로 농축시킨 독을 수로 거리에 풀 법한 자가 있으리라고는 생각하기 어려웠다.

"어쨌거나 이것만큼은 전해 드리고 싶었어요. 정말 죄송해요. 맞선이라고 오시라 해서요. 혹시 사페한테 한소리 들으셨나요?"

"그게, 일단 만나서 얘기나 하고 와라, 라고만."

"그렇군요……."

티사리아 또한 눈을 내리깔고서 야채 주스를 마셨다.

사페도 그렇고 티사리아도 그렇고 왠지 분위기가 묘했다. 왠지 딴 생각을 하고 있다고나 할까, 마음이 다른 곳에 있다고나 할까──독이 퍼진 린트 블룸에서 마음 놓고 있으라는 것도 무리한 얘기였지만.

"그건 그렇고, 의사 선생님, 결혼 상대는 정하셨나요?"

역시나 왔는가.

결국 그 얘기로 이어지는 모양이다.

"아뇨, 아직…… 저는 아직 결혼할 생각이 없거든요."

"저는 진심이랍니다."

티사리아는 마치 투기장에서 싸울 때처럼 날카로운 시선을 보냈다.

"의사 선생님께서 원하신다면 스큐티아의 가업을 잇는 걸 거절하셔도 상관없어요. 스큐티아의 가명과 가업은 제가 지키면 되니까요. 의사 선생님께서는 부디 당신이 원하는 삶을 사셨으면 싶어요."

"티사리아 씨?"

"예전에 아라냐 씨에게 들었던 말에 대한 제 대답이에요."

아무래도 티사리아는 하피 마을에서 있었던 일을 여태껏 신경 쓰고 있었던 모양이다.

그녀는 아라냐로부터 자기 집안을 위해 결혼 상대를 찾고 있는 거 아니냐는 소리를 들었다. 그건 무기로 싸우는 걸 싫어하는 아라냐가 설전을 벌여 상대의 약점을 파고들었던 것에 불과했었지만—— 티사리아로서는 분명 아픈 구석이었을 것이다.

"그러니 부디, 저와 함께."

"티사리아 씨, 몇 번이고 말씀 드립니다만, 저는 아직 수행 중인 몸이라서요."

티사리아의 고백을 듣고 가슴 설레는 부분도 있었다.

그렌은 납득이 가는 대답을 내놓자고 스스로 결정했었다. 티사리아가 이렇게까지 얘기하니 그렌 또한 진지하게 대답해야만 했다.

다만—— 대답 자체는 처음부터 정해져 있었던 걸지도 모른다.

"솔직히 말씀드리자면, 저는 아직 시기상조라고 보거든요. 다만."

"다만……?"

"만약 그때가 왔을 때—— 제가 함께하고 싶은 여성은, 단 한 사람뿐입니다."

티사리아의 진지한 태도에.

그렌 또한 최대한 성의를 담아 대답했다.

티사리아 또한 그렌이 누구를 얘기하고 있는지 곧바로 이해한 모양이었다. 그녀는 살짝 한숨을 내쉬더니—— 야채 주스를 들이켜 단숨에 비워 버렸다.

"후우."

"죄송합니다. 이런 대답밖에 드리지 못해서요."

"어머나, 사과하지 않으셔도 되요. 오히려 마음이 놓였는걸 요. 제가 아는 의사 선생님이시라면, 제가 정말로 좋아하는 그 렌 선생님이시라면 그렇게 대답하실 것 같았어요."

티사리아가 사글사글한 호의를 보이자 그렌은 난처해졌다.

아아.

그런 것이다.

만약 이 이후에 누군가와 부부의 연을 맺게 된다면—— 그 후 보는 단 한사람밖에 없다. 그렌의 마음속에서는 이미 상대가 정 해져 있었기 때문이다.

시우로부터 결혼 얘기를 듣고 티사리아에게 자신의 마음을 털 어놓으니—— 이제야 자각할 수 있었다.

틀림없이.

그렌이 좋아하는 사람은 예나 지금이나, 단 한 사람뿐——.

"괜찮아요. 분명 이것이 제 연심의 올바른 결말일 테니까요. 제 나름대로 발버둥치고 싸워서 얻은 결과니까요."

"티사리아 씨, 저는 그……."

"말씀하시지 않아도 다 알아요. 이 이상 대답을 강요하는 것 도 멋없을 테니까요."

티사리아의 마음에 부응하지 못한 형태가 되고 말았다.

하지만—— 어째서일까. 티사리아는 슬퍼하는 기색도, 화내 는 기색도 없었다. 오히려 태연했으며 여유마저 느껴졌다.

후후후, 하고 웃는 티사리아였지만—— 어쩌면 이건 연기일까. 아니면 실연당한 여성이라는 것을 보이기 싫어서 애써 밝은 척 행동하고 있는 걸까. 왠지 그것도 아닌 것 같다는 느낌이 들었지만.

그렇지만 지금의 티사리아가 무언가를 연기하고 있는 건 틀림없었다.

"하지만—— 그렇네요. 혹여나 미안한 마음을, 가지고 계시다면."

"네?"

"부디, 하루만이라도 좋으니까—— 저랑 데이트해 주시지 않겠어요?"

데이트.

흔히들 말하는 밀회.

그렌은 그 제안을 받았을 때 곧바로 승낙할 수 없었다. 왜냐하면 아직도 린트 블룸의 독극물 사건은 해결되지 않았기 때문이다. 몸 상태가 악화된 환자가 언제 진료소를 찾아도 이상하지 않았다. 마음 편히 진료소를 비울 수 있을 리 없었다.

하지만——.

하다못해 한 번만이라도, 라는 티사리아의 부탁을 그렌도 딱 잘라 거절할 수는 없었다. 그걸로 티사리아가 그렌에 대한 연심을 정리할 수만 있다면.

그렌은 고민한 끝에.

사페에게 상담하기로 했다.

"다른 여자랑 밀회할지 말지를 저에게 상담해서 뭐 어쩌자는 건가요?"

사페는 완전히 어이가 없다는 모습으로 그렌을 내려다보고 있었다.

사페가 어이없어 할 거라는 건 그렌도 잘 알고 있었기에 이렇게 고개를 숙일 수밖에 없었다. 요정들이 "멍청이~." "얼간이~." "한심해!" 라고 입을 모아 비난했지만 그렌은 그것 또한 반론할 도리가 없었다.

너무나도 한심해서 반론조차 할 수 없었다.

"아니, 그래도 진료소를 비우게 될 테니까 그동안 진료소 좀 봐 달라고 부탁은 해야겠다 싶어서."

"그렇네요. 진료 때문에 비우신다면야 아무런 문제도 없지만, 여성과 밀회를 하려고 비우시는 거군요. 그렌 선생님은 저에게 고개를 숙이지 않으면 데이트 하나 제대로 못 하시나 보네요. 그거 아주 볼 만하네요. 아아, 참으로 유쾌해요."

그 말과는 달리 얼굴에 웃음기라고는 눈곱만큼도 없었다.

그렌도 오늘날까지 의사가 되기 위한 공부를 게을리 했던 적은 없었지만——그만큼 연애에 관해서는 젬병이었다. 이러이러한 때에는 어떻게 해야 하는지 아는 게 하나도 없었다.

일단 자신이 할 수 있는 건 사페에게도 모든 걸 성실하게 말하는 거라 생각했다.

"뭐, 상관없지만요."

"사페?"

"그런 표정 짓지 마세요. 딱히 안 된다고 말한 적은 없으니까
요. 걔도 딱히 저를 앞지르려고 제안한 건 아닐 테니까요. 그럼
하고 오셔도 상관없어요. 진료소는 저에게 맡겨 주시고요."

웬일로.

사페는 질투의 불꽃을 태우지도 않고 온화한 말투로 그렇게
말했다. 티사리아의 심정을 헤아려 준 모양이었다.

꼬리를 봐도 과도하게 떨리는 모습은 보이지 않았다. 격한 감
정을 참고 있는 게 아닌, 진심으로 티사리아를 생각하고 있는
모양이었다.

"그래, 고마워, 사페."

"다녀오세요. 좋은 시간 보내시길."

솔직히 말하자면.

나는 사페와 느긋하게 밀회를 나누고 싶다——— 같은 주제넘
은 생각을 떠올렸지만, 그런 말을 할 입장이 못 되는 그렌이었
다.

그런 대화를 나눈 뒤에 그렌은 티사리아와 만나기로 한 장소
에 왔다.

지금은 의사가 아니라는 것을 보이기 위해 백의는 입지 않았
다. 대신 제법 괜찮은 상의를 걸치고 있었다. 진료소는 사페가
보고 있을 것이다. 독극물 사건도 있었으니 진료소가 결코 한가
할 리는 없을 테지만———.

사페는 맡겨 달라고 말해 주었다.

티사리아와 만나기로 한 장소는 중앙 광장이었다. 케이와 로

나가 사전에 몇 차례 진료소를 찾아 비교적 여유로운 날로 잡았는데.

두 시종은 그렌에게 거듭 감사를 표했다.

"아가씨의 부탁을 받아들여 주셔서." "의사 선생님, 정말로 감사드려요."

라고 말했다.

티사리아의 마음에 이러한 형태로밖에 부응하지 못했지만――하다못해 오늘만큼은 그녀와 함께 즐기자고 생각했다.

"의사 선생님!"

광장에서 목소리가 울려 퍼졌다. 나들이옷을 입고 있는 티사리아가 손을 들었다.

평소의 무장한 모습이 아니었다. 그렌보다 키는 훨씬 더 컸지만, 그런 거야 아무래도 상관없을 만큼 그녀는 성숙한 여성이었다. 진심으로――.

"티사리아 씨, 옷이 예쁘네요."

"앗?! 고, 고마워요…… 그, 가끔은 저도 신경을 써야겠다 싶었거든요."

시종이 골라 준 옷인 듯했다.

그 두 사람은 티사리아를 잘 알고 있다. 티사리아의 뺨이 새빨갛게 물들었다.

그렌은 가슴이 아팠다.

마음속으로 정해 둔 상대는 단 한사람이었지만―― 그래도 이런 멋진 여성의 마음을 거절해야만 한다는 것이 그저 슬플 따

름이었다.

"그럼 가 볼까요."

"아, 네. 죄송해요. 실은 아무것도 생각해 놓은 게 없어서."

"후후. 바쁘신 몸인데 그런 걸 시키진 않아요."

티사리아가 그렌의 손을 잡아끌었다.

다그닥다그닥 하는 발굽 소리를 내며 걷는 발걸음은 여유로웠다. 서로 보폭 차이가 컸지만 그렌의 걸음에 맞춰 주고 있는 모양이었다.

"오늘은 제 부탁을 들어주셔서 진심으로 감사드려요. 저는 정말로 날아오를 것만 같이 기뻐요."

"네. 실은, 저도······."

그렌은 대답을 머뭇거렸다. 저도 이렇게 밀회를 나누게 되어 기쁩니다, 라고 말할 수 있을 리 없었다. 그렌은 그녀의 마음을 받아 주지 않았기 때문이다.

그렇기에 지금만큼은 티사리아와 나누는 시간을 즐기고 싶다 ──고 생각했지만.

그것을 어떻게 표현해야 할지 고민하는 와중에 티사리아가 먼저 입을 열었다.

"그렌 선생님."

의사 선생님, 이 아닌.

티사리아가 그렌의 이름을 불렀다. 어쩌면 이번이 처음일지도 모른다.

"저는 선생님을 사모해 왔어요. 저를 처음으로 치료해 주셨던 그때부터 줄곧 말이에요. 선생님 덕분에 전 제2계급까지 승급하게 되었어요. 아무리 감사를 드려도 모자랄 판인데, 좋아한다는 마음이 그 이상으로 넘쳐흐르는 바람에——."

"티사리아 씨?"

"아시다시피 저는—— 여러 가지를 짊어지고서 살아 왔어요. 집안의 전통, 긍지, 사업, 부모님의 기대감, 종자들의 인생과 행복. 그리고 친구들의 마음까지도요."

사폐를 말하는 것이리라.

"하지만 지금 이 순간만큼은 모든 것을 벗어 던지고서—— 평범한 티사리아로서 그렌 선생님과 시간을 보내고 싶어요."

티사리아가 그렌을 바라보며 미소 지었다.

그렌은 그 웃는 얼굴을 보고서—— 오늘 이 시간만큼은 오직 티사리아만을 생각하자고 결심했다.

자신이 지금 티사리아에게 해 줄 수 있는 거라고는 그게 유일하다고 생각했다.

그날, 그렌과 티사리아는 린트 블룸 안을 돌아다녔다.

투기장에서는 티사리아가 평소 자신이 쓰고 있는 모조 창을 보여 주었다.

그렌은 넓은 연습장에서 그 모조 창을 한번 휘둘러 보았는데, 모조품이라고는 해도 만족—— 켄타우로스 전용의 무기는 상당히 무거워서 오히려 그렌이 창에 휘둘리는 모습이었다.

수로 거리에서는 선물을 둘러보았다. 육상에 있는 노점에서 유리 세공품을 둘러보고 있는데, 티사리아가 노점을 통째로 매입하려고 했기 때문에 허겁지겁 말렸다.

그렌은 묘지 거리까지 가 보는 게 어떻겠냐고 물었지만, 티사리아가 눈물을 글썽이며 고개를 저었기에 그것은 단념하기로 했다. 투기장에서는 무엇 하나 두려울 것 없다는 듯한 모습이었는데, 아무래도 불사의 마족은 싫은 모양이었다.

그래서 의회 근처의 역사관이라도 둘러볼까 싶었는데——.

"비……?"

"소나기네요."

대로를 걷고 있을 때 갑자기 비가 내리기 시작했다.

그렌과 티사리아는 역사관까지 뛰었다. 하지만 린트 블룸에서는 좀처럼 보기 드문 거센 소나기였던 탓에 옷까지 흠뻑 젖고 말았다.

티사리아의 값비싸 보이는 옷도 젖고 말았다. 하얀 블라우스라서 물에 젖으니 그 커다란 가슴이 비쳐 보였다. 그렌은 눈 둘 곳이 마땅치 않았다. 게다가 그녀의 모습을 다른 사람들에게 드러내는 것도 내키지 않았다.

"티, 티사리아 씨…… 저어, 뭐라도 걸쳐 입을 것을……."

"어머나, 왜요?"

그렌은 뭐라 대답해야 할지 난감했다. 도저히 맨살이 비쳐 보인다고 말할 수는 없었다.

평소의 티사리아라면 자신의 몸가짐도 신경 쓸 테지만, 오늘만큼은 자신의 옷 상태가 어떤지 모르는 모양이었다. 비가 갑작스럽게 내리는 바람에 이제 어떻게 해야 할지 생각하느라 정신이 없는 건지도 모른다.

그러자——.

"한창 즐거우실 때." "참으로 죄송합니다만."

"어."

동시에 들리는 목소리. 우산을 쓴 두 켄타우로스의 모습이 나타났다.

"어, 케이?! 로나?!"

"아가씨, 옷 갈아입으실 시간입니다." "의사 선생님은 이걸 입어 주세요."

그러고 보니 그녀들의 모습이 보이지 않았었다.

티사리아가 종자들을 거느리지 않는 모습도 보기 드물었는데—— 어쩌면 몰래 따라온 걸까.

티사리아는 케이에게 이끌려 어디론가 향했다. 바로 근처에 세워 둔 켄타우로스 마차에서 저번에 봤던 마부가 비를 맞으며 대기하고 있었다. 그 안에서 갈아입으려는 걸까.

그리고 어째선지 로나는 그렌이 갈아입을 상의마저 준비해 왔다. 너무 준비가 철저한 게 아닐까 싶었지만, 그렌은 호의를 기꺼이 받아들이기로 했다.

"가, 감사합니다."

"별말씀을요."

로나가 단아하게 웃었다. 주인을 끔찍이 보살피는 여종들이 티사리아 곁에 없을 리 없었다. 그게 어떤 형태이건 간에 말이다.

"계속 따라오셨던 겁니까……?"

"그럴 리가요. 두 분을 방해할 짓은 하지 않았어요. 오늘은 웬일로 스큐티아 직원들이 단체로 휴가를 받아서 도시 안에서 자유롭게 지내고 있었을 뿐이에요."

다시 말해, 언제 어디서나 보고 있었다는 얘기다.

그만큼 다른 이들로부터 한 몸에 사랑을 받는 티사리아를 존경한다는 뜻이다. 이렇게나 많은 사람들이 티사리아를 따르는 이유는 티사리아의 집안이나 입장보다도 티사리아 본인의 인품 때문일 것이다.

"의사 선생님."

로나는.

그렌에게만 들리도록 작은 목소리로 속삭였다.

"아가씨께서는 오늘까지 심각하게 고민하고 계셨어요. 많이 알려 드릴 수는 없지만, 지금의 아가씨께서는 무척이나 커다란 각오를 하시고서 오늘 밀회에 임하셨죠."

"어째서 고민을 하신 건가요……?"

"그건 비밀이랍니다. ——하지만, 부디 아가씨의 마음을 헤아려 주시기를 부탁드릴게요."

티사리아의 행복을 바라는 로나의 말.

실연당한 티사리아를 위로해 주었으면 좋겠다는 의미라고 생각했지만, 아무래도 그건 아닌 것 같았다. 애당초 그런 소리를 실연당한 사람에게 할 수 있을 리 없었다.

로나의 말은 애매하고 구체적이지 않았다. 그렌은 왠지 이상한 기분이 들었다.

로나의 입장에서 보자면 티사리아의 마음을 거절한 그렌을 원망할 법도 했지만── 그녀는 그러지 않았다.

"어머나, 비가 그쳤네요."

잠시 동안 내린 비였다.

비에 젖은 길바닥에 부드러운 햇볕이 내리쬐었다. 비블 산 쪽을 쳐다보니 자그맣게 무지개가 생겨나 있었다. 무지개와 겹치듯 하피가 하늘을 나는 모습이 눈에 들어왔다. 멀어서 잘은 보이지 않았지만, 어쩌면 이리가 신나게 비행하고 있는 걸지도 모른다.

"그, 그렌 선생님⋯⋯. 오래, 기다리셨죠."

옷을 다 갈아입은 티사리아가 이쪽으로 다가왔다.

얼굴이 붉었다.

"죄, 죄송해요. 오늘은 종자가 없어도 된다고 했는데⋯⋯. 설마 아는 얼굴들이 이렇게나 많이 있을 줄이야⋯⋯."

"어쩌다 마주쳤을 뿐이에요, 아가씨." "그렇고말고요. 몰래 지켜보지는 않았다고요."

"그럼 어째서 이렇게 준비가 철저한 건가요! 에휴, 나 원⋯⋯!"

분명 밀회를 가족들에게 들킨 건 부끄러울 테지.

──다시 말해, 종자들과 '스큐티아 운송'의 사원들은 티사리아에게 가족이나 다름없다는 걸까.

부끄러움에 얼굴을 물들인 티사리아와는 대조적으로 케이와 로나는 시치미를 뚝 떼고 있는 모습이었다. 그렌으로서는 흐뭇한 광경이었다.

"예정을 바꿀까요?"

"네?"

"무지개가 떴으니, 좀 더 보기 좋은 곳── 의회 근처에 있는 탑이 좋겠군요. 무지개가 사라지기 전에 한번 가 봅시다."

"아, 네."

그렌은 생각했다.

설령 마음에 부응하지 못하더라도── 티사리아 같은 여성이 자신을 진심으로 생각해 준 건 자랑할 일이었다. 티사리아가 언제나 앞으로 나아가듯, 그렌 또한 고민하기보다는 그녀처럼 앞으로 나아가야겠다는 생각이 들었다.

그것이야말로 사페에게도 티사리아에게도 고개를 들 수 있는 가장 좋은 태도라고 생각했다.

"후후."

티사리아가 기쁘다는 듯 웃었다.

──그 웃는 얼굴 뒤에 감춰져 있는 감정을, 이때의 그렌은 상상도 못했었지만.

밀회가 끝났다.

마지막에는 '대왕오징어의 침상'에서 식사를 즐겼다. 야채 중심의 저녁 식사이긴 했지만, 건강에 좋은 음식은 그렌도 좋아했기에 티사리아의 식성에 맞춰 식사를 즐겼다.

'대왕오징어의 침상'을 나서자 린트 블룸은 완전히 밤에 잠겨 있었다.

그 뒤에는——.

"진료소까지 바래다 드릴게요."

"아, 아뇨, 굳이 그러실 것까지는."

"바래다 드리고 싶어서 그래요. 말씀드릴 것도 있고요."

어째선지.

어째선지 티사라이의 표정은 굳어 있었다. 단 하루만이라는 약속으로 티사리아가 마음을 정리하기 위한 밀회.

아직 마음을 정리하지 못한 것일까?

마치 투기장 시합에 출전하는 듯한 진지한 표정이었다.

그렌은 사양했지만 티사리아가 자신의 말을 들어줄 리 만무해, 결국 그렌은 티사리아와 같이 진료소로 돌아가기로 했다.

진료소에는 아직 불이 켜져 있었다.

휴진 팻말이 걸려 있었기에 사페의 일은 끝났을 텐데—— 어쩌면 약제실에서 그 독극물을 분석하고 있는 걸지도 모른다.

거침없이.

그렌이 말릴 새도 없이 티사리아가 진료소로 향하더니 현관문을 힘차게 열어젖혔다.

그녀의 얼굴은—— 지금껏 본 적을 없을 만큼 긴장한 기색이었다.

"돌아왔어요, 아라냐."

"어?"

티사리아가 그렇게 말하자.

마치 원래부터 그러기로 했었다는 듯이—— 거미 다리를 바스락거리며 진료소에서 아라냐가 모습을 드러냈다.

"네에, 어서 오세요. 시간 딱 맞춰서 왔네요. 그 모습을 보아하니 일이 잘 풀린 모양인가 봐요."

"글쎄요. 이걸 잘 풀렸다고…… 말하기는 싫지만요. 어쨌거나 계획대로 진행한 건 틀림없어요."

"선생님도 어서 들어오세요. 저녁 식사 만들어 놨어요."

"자, 잠깐만요. 아라냐 씨가 어째서 진료소에 있는 겁니까?"

아라냐는 저번에 입었던 그 간호사 옷을 입고 있었다.

머리와 어깨에는 각각 요정을 태우고 있었다. 요정들의 표정은 그렌으로서도 읽기 힘들었지만—— 어째선지 지금만큼은 요정들도 굳은 표정을 짓고 있는 것처럼 보였다.

뭐지, 이 긴장된 분위기는. 대체 뭐지.

"무슨 일이라도 있었나요? 사페? 나 왔는데……."

진료소 안쪽에 말을 걸어 보았지만——.

평소라면 그렌을 맞이하러 나왔을 라미아 조수의 모습이 보이지 않았다. 외출한 바람에 아라냐에게 대신 진료소를 봐 달라고 한 걸까.

이상했다.

내장이 압박되는 듯한 불길한 예감이 들었다.

"저기, 이건 대체……?"

아라냐와 티사리아는.

서로 마주보다가—— 아라냐가 먼저 입을 열었다.

"이걸 맡아 두었어요."

"펴, 편지인가요?"

"이걸 읽으면 무슨 일이 일어났는지 이해하실 거예요——. 하지만 선생님, 소녀가 이런 소릴 하는 것도 이상한 일이지만…… 소녀는 잘못한 사람은 아무도 없다고 생각하거든요. 부디 아무도 원망하지 마셨으면 싶어요. 그것이 편지를 읽는 데 필요한 이 누나와의 약속이에요. 하실 수 있으세요?"

어느샌가 그렌의 새끼손가락에 실이 휘감겨 있었다.

약속하라는 소리였다. 그렇지 않으면 편지를 읽지 못하게 하겠다—— 그런 뜻일 테지.

"아, 알겠습니다……."

그렌은 각오를 다지고 고개를 끄덕였다.

"좋은 눈빛이네요——. 그럼, 받으세요."

아라냐로부터 건네받은 편지는 제법 두툼했다. 언제 이런 장문의 편지를 쓴 걸까.

편지의 필적은—— 그렌도 잘 아는 사페의 미려한 글씨체였다.

그렌 선생님께.

아라냐에게 맡긴 이 편지를 읽으시고 계시다면, 저는 이미 진료소를 나섰으리라 생각해요.

이런 식으로 갑작스럽게 모습을 감춘 걸 용서해 주세요.

그리고 몇 차례 거짓말했던 것도 용서해 주세요. 약사로서 올바르지 못한 방법을 취한 저를 용서해 주세요.

뭐부터 적을까요.

뭐부터 적으면 좋을까요.

그러네요. 분명 모든 일의 발단은 수로 거리에 퍼진 독이라 할 수 있겠죠.

그 독은 네이크스 가문에 전해져 내려오는 것이에요.

보자마자 바로 알았어요. 아니, 그 독을 퍼뜨린 자는 저만 알아차릴 수 있게끔 그 독을 준비한 걸 테죠. 네이크스 일족, 혈연임에 틀림없어요.

그 독은 라미아 특제 독약을 독에 내성이 있는 암살자의 몸 안에 농축해 추출한 거예요. 암살자들이 몇백 년에 걸쳐 잔인한 실험을 거듭하여 제조 방법을 확립했죠.

그렌 선생님께서는 어느 종족인지 알아내라고 하셨지만——저는 처음부터 알고 있었어요. 조사할 필요도 없었고요. 제 본가인 네이크스 가문에서 자주 사용하는 독이었으니까 말이에요.

언젠가는 크툴리프 님 또한 같은 결론에 도달하실 테죠.

물론 저는 암살 같은 짓은 저지르지 않았어요. 수로 거리에 독을 퍼뜨릴 이유도 없거니와 애당초 지금의 저는 약사고, 인간에게든 마족에게든 해를 끼칠 생각은 전혀 없어요.

하지만.

네이크스의 독이라는 게 알려지면, 저는 물론이거니와 그렌 선생님의 입장도 위태로워지고 말 테죠.

저와는 상관없다는 것을 세상 사람들은 믿어 주지 않을 거예요. 실제로 피해를 본 분들은 물론이거니와 스카디 님이나 크툴리프 님도 제가 본가와 모종의 연락을 취하고 있는 게 아닐까 의심하실 테고, 그렇지 않더라도 저를 실마리 삼아 범인을 찾으려 할 테죠.

저는 그렌 선생님께 폐를 끼치기 싫어요.

그러니, 죄송해요.

진료소를 나가 네이크스 마을로 향할게요.

이제 두 번 다시 진료소로…… 린트 블룸으로 돌아올 생각은 없어요.

"뭐야, 이거……."

편지를 쥔 그렌의 손이 떨렸다. 그렌은 다급하게 편지에 적힌 필적을 눈으로 쫓았다.

티사리아에게도 정말 미안한 짓을 저지르고 말았네요.

저는 독을 확인한 바로 그날 곧바로 타사리아와 논의했어요.

이제 다시는 진료소에 있을 수 없지만, 선생님과 같이 한 지붕에서 사는데 선생님 몰래 빠져나오기는 어려울 것 같았거든요. 그래서 티사리아에게 그렌 선생님과 하루 종일 함께 있을 구실을 만들어 달라고 했죠.

티사리아의 연심을 이유로 들면 그렌 선생님도 밀회를 거절하실 수 없을 거라 생각했거든요.

비겁한 여자라서 죄송해요.

왠지 계속 사과만 드리며 두서없이 편지를 쓰고 있네요.

어쨌거나 저는 다시 돌아올 생각이 없어요. 수로 거리에 퍼진 독은 제가 마무리 지을 거예요.

뒷일은 티사리아와 아라냐에게 맡겨 두었어요.

두 사람과 사이좋게 지내 주세요.

그렌은 자기도 모르게 티사리아를 쳐다보았다.

"거짓말──? 오늘 하루 종일 저와 함께 있으려고, 거짓말을?"

"그게 아니에요."

티사리아가 굳은 표정으로 말했다.

"속인 건, 사실이에요. 그렇지만 고백해서 거절당했으니까 오늘 하루만이라도 밀회를 하고 싶다고 생각한 건 분명 제 본심이에요."

"……잠깐만요. 그러니까, 오늘 저와 함께 있으려고, 거절당할 걸 뻔히 아는 고백을 했던 겁니까? 구실을 만들기 위해……?"

그것은.

이루어질 수 없는 사랑임을 알면서도 사랑을 고백하는 데는 대체 얼마만큼의 각오가 필요했을까.

"얘기가 그렇게…… 되려나요. 거짓이기도 하고, 사실이기도 해요……. 선생님. 저는, 그런 선생님과 마찬가지로 사페 또한 소중하게 여기고 있어요. 친구로서, 연적으로서, 저는 무슨 수를 써서라도 그녀를 지키고 싶었어요. 그래서."

"아, 알고 있습니다, 그건 알고 있습니다만."

"그녀의 바람을, 이루어 주고 싶었어요."

그렌의 머릿속은 혼란한 상태였다.

어쩌면 로나의 얘기는 이걸 두고 했던 말일까. 티사리아의 마음을 헤아려 달라고 했던 것은 말이다.

아라냐가 아무도 잘못하지 않았으니 원망하지 말라고 얘기했던 것도.

원망할 생각은 없었다. 티사리아는 사페에게 부탁받았을 뿐이고, 사페가 이런 일을 부탁한 것도 부득이한 사정이 있었기 때문이다.

하지만. 하지만.

머릿속을 맴돌고 있는 건 의문 부호뿐이었다.

그렌은 편지에 적힌 다음 내용을 읽었다.

편지를 읽으면 해답을 찾을 수 있을 거라 믿고서.

결혼 얘기로 난처하게 만들어서 죄송해요.

저는 그렌 선생님을.

그렌을 좋아했어요.

정말로 사랑했어요.

하지만 그렇기에 저는 이제 두 번 다시 진료소에 있을 수 없어요.

결혼 서류를 같이 넣어 두었어요.

저는 정말로 그렌과 부부의 연을 맺었으면—— 싶었어요. 하

지만 아무래도 그건 힘들 것 같네요.

그렌도 분명 저와 같은 마음일 거라 생각했지만, 이제는 그걸 확인할 수도 없게 되었네요.

결혼하는 데 어울리는 상대는 그렌이 결정해 주세요.

저는 티사리아와 아라냐 둘 중 한 사람과 결혼하면 그걸로 상관없다고 봐요.

둘 다 제 소중한 친구이고, 그렌과 결혼하는 데 어울리는 마족이라고 보거든요.

제멋대로 이런 소리만 해서 죄송해요.

자세히 보니.

이 편지 다발 속에 정말로 결혼 서류가 끼어 있었다. 여러 장 있는 서류에는 아라냐와 티사리아의 이름이 각각 정성스럽게 적혀 있었다.

서류를 쓴 사람은 사페였다.

사페 자신이 두 사람을 인정했다는 얘기다.

"어째서……."

의문이 입 밖으로 나왔다.

하지만 그렌은 왜인지 잘 알고 있었다. 이유는 모두 편지에 적혀 있었다.

그럼에도 소리 내어 말하지 않을 수 없었던 건 그렌의 감정이 갈 곳을 잃었다는 증거였다.

단 하나의 마음.

어째서 지금 이곳에 사페가 없는가 하는 감정이.

리트바이트 가문에서 처음 만났을 때.

아카데미에서 다시 만났을 때.

그리고 린트 블룸에서 진료소를 열었을 때.

모두 제 소중한 기억들이에요.

저는 선생님의 꿈을 응원하고 있어요.

곁에서 도와 드리고 싶다…… 줄곧 그렇게 생각해 왔어요.

하지만 선생님은 언제부턴가 저를 아득히 넘어서셨어요. 하피 마을에서도, 스카디 님의 수술에서도, 바로메츠 소동에서도 선생님은 의사로서 훌륭하게 당신의 사명을 완수하셨어요.

그러니.

이제 제가 없어도 괜찮겠죠, 그렌.

"안 돼……."

그렌은 편지를 꽉 움켜쥐고서 신음했다.

분명 괜찮을 거예요.

당신은 꿈을 좇아, 혼자서도 온갖 난관을 극복할 수 있는 사람이에요.

"그렇지 않아. 그렇지 않다고, 사페……."

편지에 적힌 글씨는 눈물에 번져 있었다.

사페는 이 편지를 쓰면서 울고 있었던 걸까—— 눈물샘이 없는 사페도 마음속으로 울었던 걸까.

편지에 적힌 필치는 어디까지나 담담했다.

선생님, 안녕히 계세요.
진심으로 언제까지나 몸 건강히 지내셨으면 좋겠어요.
제가 없다고 울면 안 돼요, 그렌.

울지 말라는 얘기는 무리였다.

그렌은 편지를 움켜쥐고서 목 놓아 울었다.

어느샌가 무릎을 꿇고 있었다.

어떻게 해야 좋을지 알 수 없었다.

아무도 잘못하지 않았다. 사페가 그렌을 걱정해서, 본가를 추궁하기 위해서 진료소를 나섰다.

친구의 마음을 헤아려 준 티사리아와 아라냐가 서로 합심해 사페가 떠나는 걸 그렌이 알아차리지 못하게끔 속였다.

말하자면 그뿐이었다.

단지 그뿐인 얘기였다.

하지만 단지 그뿐인 얘기 때문에—— 그렌이 사랑하는 한 명의 라미아는 그렌 곁에서 사라져 버리고 말았다.

"선생님."

티사리아가 가만히 그렌을 끌어안아 주었다.

"괜찮아요……. 우셔도. 지금은 그러셔야 해요. 앞으로의 일은 나중에 생각하면 되니까요."

그렌은 마치 어린아이처럼 그저 목 놓아 울 뿐이었다.

아라냐도 살며시 그 네 개의 팔을 뻗어 그렌의 등을 껴안아 주었다. 그건 울고 있는 그렌의 모습을 다른 사람의 눈에 띄지 않도록 하는 것처럼 보이기도 했다.

아아──.

울지 말라는 얘기는 무리였다.

하다못해 눈물을 다른 사람에게 보이기 싫었던 그렌은 티사리아의 가슴을 빌려 흘러나오는 눈물을 남몰래 감추었다.

Case 3 　맹독을 지닌 **라미아**

　설령 아무리 힘든 일이 있다 해도.

　사페가 그렌의 곁을 떠났다 해도.

　그럼에도——그렌은 진료소 문을 닫고 있을 수 없었다. 그렌이 얼마나 슬픔에 잠겨 있든 간에 질병과 상처는 이에 아랑곳 않고 린트 블룸의 주민들을 덮쳤다.

　그렌의 개인적인 이유와는 전혀 상관없이 환자들은 진료소를 찾는다.

　"의회 공보를 봤어, 선생."

　그렇게 말한 사람은 진료소를 자주 찾는 드라이어드 노파였다.

　식물계 마족——특히나 나무줄기의 특징을 많이 가진 것이 드라이어드였다. 이 나이 지긋한 드라이어드는 정기적으로 몸 곳곳에 가지와 잎이 자란다. 그렌은 전지가위로 그 가지와 잎을 잘라 나갔다.

　젊을 때는 별다른 문제가 없지만, 고목이 되면 벌레가 좀먹거나 이끼가 발생하기 십상이다. 이를 방지하기 위해 정기적으로 가지를 쳐야만 했다. 인간으로 비유하자면 더벅머리가 되는 것과 비슷하다.

"수로 거리에서 큰일이 일어난 모양이로구나."

그렌은 그 말을 듣고 가슴이 철렁했다.

"아뇨, 그…… 괜찮습니다. 독은 약한 것이었고 환자분들의 증상도 안정되었으니까요. 그리고 스카디 씨도 신속하게 대응했고요."

"그래. 용투녀님은 늘 대단하시더구나. 하지만 선생도 고생 깨나 했던 것 같던데."

"아뇨. 저야 당연한 일을 했을 뿐……이죠."

그렌은──.

사페에 관한 것. 그녀의 본가에 관한 것. 그리고 독의 출처가 아무래도 네이크스 가문일 것 같다는 것. 그 모든 것들을 숨김 없이 크툴리프와 스카디에게 털어놓았다.

그렌이 입을 다물고 있더라도 그 두 사람이라면 언젠가 진상에 다다를 거라 생각했기 때문이다──.

(언젠가 말해야 한다면, 한시라도 빨리 말해야 효과적으로 독에 대처할 수 있어. 린트 블룸 주민들의 건강을 지키기 위해서는 그게 상책이야…….)

그렌은 의사로서의 책무를 가장 우선시했다. 그것이 바로── 모습을 감춘 사페의 바람이기도 할 것이라 믿었다. 그녀는 그렌이 훌륭한 의사가 되기를 무척이나 바랐기 때문이다.

"그나저나 대체 누가 독을 퍼뜨린 건지 원. 린트 블룸에 원한을 가진 녀석의 소행이려나."

"글쎄요. 저로서는…… 거기까지는."

시치미를 뗐다.

사실은 그렌도 알고 있었다.

그렌이 조기에 사페에 관한 일을 털어놓은 덕분에── 스카디는 정보를 통제할 수 있었다.

린트 블룸의 의회에서 발행된 공보지에는 이렇게 적혀 있었다.

가로되── 수로 거리에 독을 퍼뜨린 자는 암살 및 파괴 공작에 숙달된 집단일 가능성이 높지만 그 행방은 아직도 묘연하다. 중앙 병원과 진료소의 헌신 덕분에 독의 영향은 진정되고 있다. 앞으로 스카디가 직접 진두지휘하여 순찰대와 협력하여 범인 집단을 쫓을 것이다.

"용투녀님의 호위인 쿠나이 씨가 도시를 순찰해 주신다고 하더구나. 무슨 일이 있으면 말해 달라고 하시던데…… 독은 무시무시하지만 쿠나이 씨에게는 독도 통하지 않을 테니 어떻게든 되겠지."

"네, 그렇군요."

드라이어드 또한 독 섞인 물을 섭취하면 몸에 영향을 받는다.

애초에 마족과 인간을 가리지 않고 물 없이 살아갈 수 있는 생물은 거의 없다. 따라서 거기에 독을 퍼뜨린 악랄함은 용서하기 힘들었다.

쿠나이뿐 아니라 투기장의 전사들 또한 순찰에 참가한 모양이었다. 수상한 인물을 발견하면 즉시 신고해 달라고 하는데──.

그렌은 알고 있었다.

네이크스 가문의 암살 집단은 이제 오지 않을 것이다. 결국 그 목적은 밝혀지지 않았지만, 그들은 누구에게도 들키지 않고 린트 블룸에 독을 들고 들어와 독을 퍼뜨리면서도 사망자가 나오지 않도록 했다. 은밀한 공작에 도가 튼 자들이다. 도저히 붙잡을 수 있을 것 같지가 않았다.

"동쪽의 귀족이 범인이라는 소문이 사실일까? 암살자 놈들에게 이번 일을 의뢰했다는 말도 있던데."

"그런 소문도 돌더군요. 저로서는 뭐라 말씀드리기가 어렵네요."

그렌은 애매하게 대답했다.

독의 출처가 사페의 본가라는 사실은 알려지지 않았다. 하지만 그것을 대체하듯 이번에는 다른 소문이 돌고 있었다.

범인은 동쪽, 인간령 쪽 사람이라고 말이다.

의회 공보가 아닌 민간 신문—— 도시 신문은 가십거리나 소문처럼 진위가 확실하지 않은 얘기도 아무렇지 않게 기사로 내곤 했다.

거기에는 이렇게 적혀 있었다. 진범은 린트 블룸에 원한을 가진 동쪽 나라의 귀족이며, 더군다나 그 권력자인 소엔은 얼마 전 스카디와의 회담에서 자신의 상사가 실각당한 것에 앙심을 품고 있다고 말이다.

소문은 무책임하다.

아마도 로나가 목격한 수상한 인물에 관한 얘기에 살이 붙어서 퍼진 것 같았지만──. 설마 형의 이름마저 나올 줄은 몰랐다.

"소엔이라는 녀석은 꽤나 못된 남자라더구나."

"네…….."

다행──이라고나 할까.

성씨가 같다는 이유만으로 그렌과 소엔을 엮으려는 자는 린트블룸에 없었다. 리트바이트라는 성씨 자체는 인간령에서 그리 드문 성씨도 아니었다.

하물며 거리도 멀다. 도시 의사인 그렌과 동쪽의 권력자인 소엔을 성씨가 같다는 이유만으로 엮으려는 자는 없었다──. 불과 얼마 전에 동쪽에서 온 여동생 시우를 엮으면 거기에 연관성을 찾아낼 수 있을지도 모르지만, 어쨌거나 지금까지는 별다른 언급이 없었다.

"하지만 괜찮을 겁니다. 스카디 씨가 분명 어떻게든 잘 해결해 주실 테니까요."

"그래. 용투녀님께 맡기면 마음 놓을 수 있지."

사소한 말 한마디 한마디에도 주민들이 스카디를 절대적으로 신뢰하고 있다는 것을 엿볼 수 있었다.

"네──. 처치가 끝났습니다. 수고하셨습니다."

그렌은 전지가위를 놓고 잘라낸 가지를 털었다.

드라이어드 노파는 느긋한 움직임으로 기지개를 켰다. 드라이어드의 몸은 젊었을 적에는 잘 움직이지만, 나이를 먹으면 줄기가 굳어져 움직임이 느려진다. 그리고 마지막에는 흙에 뿌리를 내리고 그 자리에서 움직이지 않게 된다고 한다.

드라이어드는 식물 마족이다.

최종적으로 흙에 뿌리를 내리고 말을 못하게 된 드라이어드는 진짜 나무와 거의 같은 모습으로 변하는데── 그래도 햇빛을 받으며 계속 살아간다. 신기한 생태였다. 늙은 드라이어드가 뿌리내릴 장소를 찾는 건 노파의 소일거리 중 하나라고 한다.

"흐음, 아주 좋아. 역시 선생이 해 주니까 달라."

"감사합니다."

"선생은 약사 선생이 없어도 자기 일을 척척 잘 하고 있는 걸 보니, 정말 대견해."

그렌은 노파의 말에 가만히 고개만 끄덕일 뿐이었다.

지금의 그렌의 속마음을 아는 자는 몇 안 된다.

그렌은 환자를 떠나보내고 다음 환자를 진찰실로 맞이했다. 환자들을 통해, 이리가 배달해 준 도시 신문을 통해 세상 돌아가는 일은 드문드문 접하고 있었다.

(조금도 대견하지 않은데 말이지.)

그 하나하나에 그렌의 마음은 편할 날이 없었다.

독의 출처가 사폐와 관련이 있다는 것. 그리고 항간의 소문에 따르면 어째선지 범인으로 의심되는 소엔 리트바이트가 자신의 친형이라는 것.

모두 진료소를 계속 운영하는 데 불리한 정보였다. 사실을 숨기는 건 익숙하지 않았다. 얼른 모든 진상이 밝혀졌으면 싶었다.

하지만 그런다고 해서 사페의 명예는 회복되지 않는다. 네이크스 가문과 사페가 아무 관련이 없다는 걸 다른 사람들에게 알리고 싶었지만 그 구체적인 방법을 알 수 없었다.

(어떻게 해야 하지?)

사페가 진료소로 다시 돌아와 줄까.

이제 다시는 돌아오지 않는다고 적혀 있던 편지를 떠올리고서, 그렌은 곧바로 그런 달콤한 망상을 떨쳐 버렸다.

다행스럽게도.

진료소를 운영하는 데 그렌을 도와주는 자들도 있었다.

먼저 요정들이 있었다. 그들은 사페가 모습을 감춘 것에 한탄하는 기색이기는 했지만, 그럼에도 그렌을 위해 일해 주었다. 이제 잡무는 요정들이 그렌보다 일을 더 잘할 지경이었다.

아라냐도 와 주었다.

과거에 수술을 집도하는 데 곁에서 도와주었던 아라냐는 간단한 보조 작업은 할 수 있었고, 집안일도 대신해 주었다. 진찰을 우선시하다가 자칫 생활을 소홀히 하기 십상인 그렌으로서는 고마운 일이었다.

티사리아는 직접 도와주러 오지는 않았지만 그 대신에 케이와 로나를 보내기도 했다. 진찰을 보조하기는 힘들지만 그녀들도 집안일이나 환자들의 말상대가 되어 주는 식으로 진료소 운영을 도와주고 있었다.

"…………후우."

그렌은 수많은 이들의 도움을 받고 오늘도 어떻게든 진료를 마무리했다.

그렌은 혼자서도 잘 하고 있다── 사페는 편지에 그렇게 적었다. 하지만 실상은 전혀 그렇지 않았다. 혼자서는 도저히 무리였다. 요정들은 물론이거니와 다른 누군가가 도와주지 않았더라면 진료소 문은 분명 옛날 옛적에 닫았을 것이다.

사페가.

자신에게 얼마나 절대적인 존재였는지 그렌은 새삼 깨닫게 되었다.

"……사페, 역시 나로서는 힘들어. 도저히 혼자서는…… 못할 것 같아."

약한 소리는 아무에게도 하지 않았다. 아니, 하고 싶지 않았다.

그렇기에 그렌은 아무도 없는 방에서 벽에다 대고 자신의 나약함을 털어놓았다.

낮에 도와주러 온 아라냐는 이미 돌아갔다. 그녀는 디자이너 일을 하면서 그렌을 특별히 신경 써 주었다.

"……결혼이라."

그렌의 집무실에는.

티사리아와 아라냐. 두 사람의 이름이 적힌 혼인 신고서가 놓여 있었다. 이제 여기에다 그렌의 이름을 적고 의회에 전해 주기만 하면 둘 중 한 사람과 결혼할 수 있다.

지금까지 자신의 반려자가 될 사람은 단 한 사람뿐이라 생각하고 있었다. 하지만 그 단 한 사람은 이제 그렌의 곁에 없다——.

이대로 혼자 진료소를 운영해 나갈 것인가. 아니면 자신을 좋아해 주는 그녀들 중에서 어느 한 사람을 골라 진료소 일을 돕게 할 것인가.

"아아…… 젠장. 머릿속이 복잡해……."

한꺼번에 너무 많은 일들이 일어났다.

자신을 둘러싼 상황은 눈이 핑핑 돌 만큼 시시각각 변해가고 있었다. ——그럼에도 무엇 하나 자신의 뜻대로 되는 일이 없었다. 그렌은 그저 머리만 감싸 쥘 뿐이었다.

티사리아도 아라냐도 답변은 천천히 줘도 된다고 말했었다.

"일단 지금은 진료소 일에나 집중하자……."

일할 기력도 점점 떨어지고 있었다. 지금까지 사페가 도맡아 해 주었던 제약과 서류 작업도 이제는 그렌이 해야 했으니 당연했다.

무엇보다도 사페가 곁에 없다는 사실이 그렌의 기력을 떨어뜨리고 있었다. 오늘은 서류 작업을 대강 처리하고 얼른 쉬도록 하자. 그렌은 그렇게 생각하며 휴진 팻말을 걸기 위해 진료소 입구로 향했다.

평소에는 입에도 대지 않던 술을 코가 비뚤어질 때까지 마시고 싶은 심정이었다. 물론 그랬다가는 다음 날 진료에 지장을 줄 거란 건 불 보듯 뻔했다. 홧김에 술을 마시는 건 꼴불견이니 자제하기로 했다.

"아, 오라버니————! 오라버니!"

목소리가 들렸다.

고개를 돌리니 거리를 달려 나가는 누군가의 모습이 눈에 들어왔다. 순찰대 제복을 입은 소녀—— 오니 소녀인 시우였다.

그녀 또한 사페가 떠난 바람에 풀이 죽은 친오빠를 걱정하여 이따금 진료소에 고개를 내밀곤 했다.

물론 진료를 돕지는 못했기 때문에 간단한 식사를 만들어 주거나 말 상대가 되어 그렌의 기분을 달래 주는 것 정도였지만.

"오라버니! 큰일 났소이다!"

"무슨 일이야, 시우……."

사페가 떠난 것 이상으로 큰일이 있을 리 없었다.

여동생은 다소 호들갑을 떠는 버릇이 있다. 그렌은 탄식하면서 질주해 오는 시우 쪽으로 고개를 돌렸다.

"그게…… 앗, 밖에서 얘기하면 곤란하다오! 어디 보자, 안에서 얘기하는 게 좋겠소이다!"

"시우?"

그렌이 되물을 새도 없이 시우가 진료소 안으로 들어가 버렸다. 그렌이 그 뒤를 따르자, 시우는 곧바로 문을 잠가 버렸다.

"대체 무슨 일인데……."

"어쨌거나! 오라버니! 도시 신문 봤소이까!"

"아니, 안 봤는데……."

"그럼 얼른 이것 좀 읽어 보시구려!"

"……뭐야, 대체."

그렌은 흥분해서 떠드는 시우의 재촉을 받으며 도시 신문을 펼쳐 보았다.

활판 인쇄 기술은 나날이 진화하고 있었다. 활자의 품질도 올라간 모양인지 요즘 도시 신문에는 대륙 공용어가 또렷하게 찍혀 있었다. 그곳에는 다음과 같은 내용이 적혀 있었다.

──인간령, 원로원의 유력자 소엔 리타바이트가 용의 도시를 방문.

──본지의 기자가 단독 취재로 소엔 씨가 인간령을 출발하여 린트 블룸으로 향하고 있다는 정보를 입수했다.

──도시에서는 인간령의 인물이 수로 거리에 독을 퍼뜨린 흉악 사건과 연루되어 있다는 소문이 돌고 있다. 소엔 씨와 이번 독극물 사건과의 연관성은?

──의회 대표 스카디 씨의 말 '나는 관여하지 않았다.' 이건 대체 어떻게 된 영문인가?

──중앙 의회도 모르는 갑작스러운 방문. 과연 소엔 씨의 목적은?

──본지의 독자적인 루트를 통해 입수한 정보에 따르면 소엔 씨가 독극물 사건의 흑막이라고 주장하는 자도 있다. 이번 사건에 관해 본지는 앞으로도 계속해서 취재해 나갈 예정이며…….

"뭐야, 이거…….'

"이거, 참으로 곤란한 일이 아니오리까!"

여전히 민간 기사라는 건 무책임했다.

마치 소엔이 범인인 것처럼 적어 놓고 있었다. 자신의 형이 수로 거리에 독을 퍼뜨릴 이유 같은 게 있을 리 없을 텐데.

"소엔 오라버니가 완전히 범인 취급당하고 있소이다! 너무하오!"

"진정해. 그건 그렇고 정말로 형이 이곳으로 오는 거야?"

"편지에도 그런 얘기는 단 한마디 적혀 있지 않았었다오! 오라버니이~, 시우는 어찌 해야……."

시우는 동요하고 있었다.

그녀는 큰오빠에게는 이름을 붙여서 부르고, 그렌을 부를 때는 단순히 '오라버니'라고만 부른다. 그녀에게는 보다 나이가 가까운 그렌이 더 마음 편할 테지.

"시우가 걱정되어서 일부러 린트 블룸으로 온다…… 그 형이 그럴 리는 없겠지."

"바로 그렇소이다! 그런 일에 여비를 쓸 바에야 그냥 시우를 불러들일 게 뻔하오!"

말을 좀 심하게 했지만, 그게 바로 소엔이라는 남자였다.

소엔은 돈과 권력이야말로 세상을 움직이게 하는 것임을 잘 알고 있었다. 그렇기에 일말의 주저도 없이 다른 사람을 이용한다. 그의 교활한 점은—— 다른 사람으로부터 되도록 원한을 사지 않는다는 점이었다. 폐도 끼치고 마음고생도 시키지만 정말로 원망받을 짓은 거의 저지르지 않는다.

원한을 품은 사람이야말로 상식도 이해득실도 따지지 않기에 가장 무섭다는 것을 그는 잘 알고 있었다.

"애당초 이 도시의 주민들은 원로원의 일개 관리에 불과한 소엔 오라버니의 이름조차 제대로 알지 못했을 터! 그런데 어찌하여 이렇게 사람들 입에 오르내리게 되었단 말이오!"

"그걸 내가 어떻게 알아⋯⋯!"

그렌은 도시 신문을 난폭하게 시우 쪽으로 되밀었다.

정보가 뒤섞여 그렌은 휘둘리기만 할 뿐이었다. 독을 퍼뜨린 건 라미아의 암살자 단체가 아니었단 말인가? 게다가 만약 소엔이 의뢰했다고 쳐도──대체 뭣 때문에? 이유가 없었다.

그렌은 이제 그만 작작 좀 했으면 싶었다.

"나도⋯⋯ 무슨 일이 일어났는지 하나도 모르겠다고! 대체 뭐야, 사폐가 갑자기 떠나질 않나⋯⋯ 다들 제멋대로 떠들기만 하고! 뭐야 이거, 나더러 대체 어쩌란 말이야!"

"오라버니⋯⋯."

화풀이하듯 소리를 질렀다.

그렌은 그제야 깨달았다. 엉뚱하게 여동생한테 화풀이를 하다니, 참으로 꼴불견이었다.

"──미안해, 잊어 줘."

"오라버니. 언니 일은⋯⋯ 그게⋯⋯."

"괜찮아. 소엔 형이 무슨 생각을 하고 있는지는 모르겠지만, 분명 정치나 장사 얘기로 이곳에 오는 거라고 봐. 그건 스카디 씨가 알아서 잘 해 주실 거야."

스카디와 소엔은 동쪽에서도 모종의 대화를 나눴다고 들었다.

형이 이 도시로 오는 게 뭐 어쨌단 말인가. 진료소와 스카디에게 괜한 의혹이 생기면 곤란하다. 지금 린트 블룸에서 의혹을 한 몸에 받고 있는 소엔과는 가급적 모르는 척하고 싶었다.

소엔은 자신에게 튀는 불똥은 알아서 피하는 남자다.

본인이 이상한 일에 휘말리지는 않을 테지.

"미안해. 아무래도 피곤한가 봐. 좀 쉴게."

"오라버니, 언니는 반드시 돌아올 터이니…… 믿어 주었으면 싶소."

"……그래."

그렌은 시우가 자신을 격려하기 위해 그런 말을 했다는 건 알고 있었지만——.

어쨌거나 사페 본인은 돌아오지 않겠다고 편지에 적어 놓았다. 그 결의는 굳건할 테지. 한번 정한 뜻을 그리 쉽게 꺾지 않는 여성임은 그 누구보다도 그렌이 잘 알고 있었다. 하다못해 떠나기 전에 한 번만이라도 얘기를 나누고 싶었지만, 자신에게는 그런 기회조차 주어지지 않았다.

그렌은 이제 더 이상 사페에게 말조차 걸 수 없는 것이다.

"……윽."

그때였다.

콰직! 하고 요란한 쇳소리가 났다.

그렌이 즉각 고개를 돌리자, 잠가 놓았을 터인 문이 열려 있었다. 문 틈새를 통해 푸른 머리의 소녀가 보였다.

——스카디 드라겐펠트였다.

"바빠?"

"요, 용투녀님?!"

시우가 소리를 질렀다.

겉보기에는 작은 몸집의 소녀.

하지만 그녀는 시우가 잠가 놓았던 문의 손잡이를 손에 쥐고 있었다. 조금 전 들렸던 쇳소리로 보건대, 스카디가 문을 부수고 침입했다는 건 명백했다.

"급한 일이다 보니 문을 부숴 버리고 말았어. 에헷."

"에헷은 무슨 에헷입니까……. 좀 평범하게 들어오세요."

살짝 혀를 내미는 스카디였지만, 표정은 변함없었기에 그렌도 어떻게 대응해야 할지 난감했다.

"무슨 일인가요?"

"무슨 일인가, 는 오히려 이쪽이 할 말이야. 소엔이 온다는 얘기는 못 들었는데."

"그건…… 저희도 못 들었는지라…….."

그렌은 한숨을 내쉬었다.

소엔이 자신의 독자적인 손익 계산으로 행동하는 건 늘 있는 일이었지만, 주변 사람들을 휘말리게 하는 것도 그의 나쁜 버릇이었다.

"그렇잖아도 독을 퍼뜨린 범인이라는 소문이 돌고 있는 마당에 굳이 저쪽에서 올 줄은 몰랐어."

"역시…… 곤란해지겠네요."

"아니, 오히려 잘됐어."

스카디는 태연하게 말했다.

"오히려 잘됐다……고 하심은?"

"지금 이 시기에 도시로 온다는 말은 단순히 관광을 하는 것도, 동생들을 보러 오는 것도 아닐 거야. 스스로 수렁에 발을 들인다…… 아니, 발을 들일 수밖에 없었던 거겠지. 마침 잘됐으니 주민들에게 돌 맞는 역할을 맡아 줘야겠어."

"어떻게 그런……."

"형이 악당 취급받는 건 싫어?"

그렌은 잠시 생각했다.

과거에 있었던 일이 머릿속을 스쳐 지나갔다. 그렌이 마족 아카데미에 입학했을 때, 이에 반대했던 부모님과 그렌의 사이가 더욱 험악해지도록 획책했었다. 가문을 계승하는 데 자신의 경쟁자가 될 그렌이 눈엣가시 같았던 것이다. 한마디로 말해서——나쁜 형이라고 생각한다.

"아뇨, 딱히요."

"그런가. 시우는?"

"예전에 꽃병이 깨진 걸 시우의 탓으로 돌린 적이 있었소이다! 시우는 몇 번이고 그러지 않았다고 말했는데…… 소엔 오라버니, 싫어!"

"그럼 됐어."

스카디는 주저 없이 소엔을 악당으로 몰아가기로 결단했다. 지금까지 형이 저지른 짓을 생각해 보면 한동안 누명을 쓰는 것쯤이야 아무렇지도 않았다.

"뭐, 소엔 오라버니 또한 그렇게 될 거란 건 이미 예상했을 것 이오……. 이쪽이 입을 마음고생은 하나도 신경 쓰지 않을 테지만!"

"그러게……."

"그런가. 가족인 너희가 그렇게까지 말한다면 그리 할게."

스카디는 평소와 다를 바 없는 모습이었지만.

이 의회 대표의 머릿속에는 이미 몇 개의 책모가 마련되어 있을 것이다.

"무슨 뾰족한 대책을 마련해야겠다고 생각했었지만 그러지 않아도 될 것 같아. 소엔은 의회에서 맞이할게. 나와 리트바이트 남매만 모여서 한번 대화를 나눠 보자."

"아, 알겠습니다."

얘기가 빠르게 진행되었다.

그렌으로서도 형과 대화하는 건 잘 된 일이었다. 형 소엔은 아마도 린트 블룸에서 일어난 사태에 관해 전부까지는 아니더라도──상당한 정보를 손에 쥐고 있을 것으로 보였다.

그러지 않고서야 이런 시기에 린트 블룸에 올 리가 없었다.

"닥터 그렌."

"아, 네."

"사페가 떠나서 힘든 시기라는 건 이해해. 하지만 그렇다고 여동생에게 화풀이하는 건 좋지 않지. 안 그래?"

"며, 면목 없습니다."

스카디의 말대로였다. 그렌의 미숙함 때문에 시우에게 상처를 주고 말았으니까 말이다.

"시우는 신경 쓰지 않는다오!"

여동생은 쾌활하게 웃었지만 애초에 그게 문제가 아니었다.

"하지만 친한 사람을 잃는 슬픔도 이해는 해. 나 또한…… 오래 살다 보면…… 말이지."

"용투녀님, 그럴 땐 어찌하면 좋으리까?"

"지금은 쿠나이에게 어리광을 부리며 어떻게든 하고 있어."

"그것도 엉뚱한 화풀이가 아니오리까?"

그렌은 두 사람이 나누는 대화를 옆에서 들으며—— 생각해 보았다.

저번에 형과 편지를 주고받은 적이 있었는데, 실제로 만나는 건 정말로 오랜만이었다. 괜찮다면 좀 더 느긋하게 대화를 나누고 싶었지만 지금은 그럴 상황도 아니었다.

"스카디 씨, 형을 잘 부탁드립니다."

"그건 내가 할 말. 그 남자를 대화의 장으로 이끌어 내기 위해서는 너희 남매의 도움이 필요하다고 봐——. 모레 소엔이 올테니, 잘 부탁할게."

"어, 모레라고요……?"

생각했던 것보다 빨랐다. 도시 신문에는 도착 날짜까지는 적혀 있지 않았다.

스카디는 의회의 정보망을 통해 그 정보를 재빨리 손에 넣었을 테지. 도시 신문에서는 마치 수수방관하고 있는 것처럼 적어 놓았지만, 역시나 스카디는 앞장서서 행동하는 정치가였다.

"저번에 나한테 이런 얘기를 한 적 있었지? 닥터 그렌."

"네?"

"나에게 살라고. 살아보지 않겠느냐고."

"아, 네."

그건.

자신이 앓고 있는 병을 천명이라 여기고서 삶을 체념했던 스카디를 설득하기 위해 했던 말이었다. 그렌은 그때 진심으로 스카디가 살았으면 싶어서 그런 식으로 말했었다.

"나에게 그런 말을 한 게 무엇을 의미하는지 정말로 이해는 하고 있어? 기나긴 세월은 수많은 것들을 단념하게 만들고, 지치게 만들지. 이 몸은 이미 삶에 질려 버렸으나…… 나는 살기 위해 거기에 채찍질을 하여 분발해 왔어. 그건…… 닥터 그렌이 살라고 말했기 때문이었지."

"……"

"그런데 그런 말을 했던 자네가 그런 식으로 풀이 죽어서야 쓰겠나. 나에게 더 많은 시간을 살아 보는 건 어떻겠느냐고 말했던 자네가, 의사로서 나를 살려 주었던 자네가 고작 인간의 짧은 삶 속에서—— 사페가 떠났다는 이유 때문에 그런 식으로 체념하는 건가?"

뭐라 할 말이 없었다.

앞으로 이어질 스카디의 생애는 그렌으로서는 상상도 할 수 없었다. 비극도 중압감도 지루함도 있을 것이다. 그런데도 그녀를 살려 주었으니—— 그렌 또한 진지하게 삶과 마주해야 하는 것이 아닐까.

"언제 어느 때든 앞을 바라보며 살아간다. 그것이 내 병을 치료한 닥터 그렌의 책임이 아닐까?"

"……말씀하신 대로입니다."

"그렇다면 기껏해야 백 년도 채 안 되는 인생을 열심히 살아갈 수 있겠지—— 안 그래, 그렌 오빠?"

스카디는 소리 없이 웃음과 동시에.

자신이 부숴 버린 문 밖으로 나갔다. 그렌은 자기보다 까마득하게 나이가 많은 스카디에게 그런 소리를 들으면 언제나 내장 안쪽이 압박되는 듯한 느낌이 들었다.

"오, 오빠라고?! 오라버니, 언제 용투녀님을 여동생으로 삼은 것이오?!"

"아, 아니, 네가 생각하는 그런 건 아니야."

"싫—소이다! 오라버니의 여동생은 오직 시우뿐이란 말이오——!"

시우는 그렇게 외쳤지만, 이미 드래곤의 모습은 온데간데없었다.

휘저을 만큼 휘젓고서 떠나 버리는 건 여전했다. 그야말로 폭풍과도 같은 의회 대표였다.

하지만 그녀의 말도 옳았다.

그녀에게 무조건 살았으면 좋겠다고 말했던 자신이 이렇게 고개만 숙이고 있어서는—— 역시나 그 온화한 드래곤도 화를 낼 테지.

이번에 '오빠'라는 호칭에는 용의 압도적인 입장에서 사람을 바라보며, 사람의 삶을 살아가고자 하는—— 스카디 특유의 엄격함과 온화함이 느껴졌다.

"시우, 간만에 형이랑 만날 수 있겠어…… 썩 내키지는 않지만."

"으…… 시우도 싫소이다."

리트바이트 남매의 표정은 밝지 않았다.

도저히 좋아하려야 좋아할 수가 없는 큰형을 떠올리고, 두 사람은 같은 표정을 지으며 나란히 한숨을 내쉬었다.

"오랜만이로구나, 그렌. 그나저나 접대가 이게 뭐냐. 명물이라 하는 용 경단은 어쨌고?"

입을 열자마자 그런 소리나 했다.

동쪽에서 온 큰형은 실로 거만한 태도로 그렇게 말했다. 예나지금이나 겸손함이라고는 눈곱만큼도 보이지 않았다.

"내가 일부러 여기까지 찾아왔는데 그 나름의 예의를 갖추는게 도리가 아니겠나? 아아, 아버지와 어머니께 드릴 편지는 자기가 직접 쓰도록. 나에게 맡기지 말고. 난 맛있는 음식과 여기토속주를 마시고 싶거든."

"당신 진짜……."

그렌은 뭐라 할 말이 없었다.

어이가 없어서 그런 게 아니라, 이 남자에게는 무슨 말을 해도소용없다는 것을 잘 알고 있었기 때문이다.

소엔 리트바이트.

동쪽 나라풍의 의상을 입었고 엷은 청색 끈 장식을 차고 있었다. 이 보라색 끈은 동쪽에서는 고위직에 있는 관리가 입는 것이다. 또 출세한 걸까.

길게 기른 머리와 가지런한 얼굴은 멋을 한껏 부린 남자의 용모였으며, 그렌과는 완전히 동떨어진 모습이었다. 그건 얼굴 생김새 때문이라기보다는 자신만만함과 대담무쌍함을 그림으로 그린 듯한 표정 때문일까.

그렌의 모습에서 겸손함을 빼고 돈과 권력을 부여한다면——어쩌면 소엔과 같은 남자가 나올지도 모른다.

"그건 그렇고 응접실이 좁은 것 같은데, 왜 이런 장소로 정한 거지?"

"형이랑 얽힌 소문 때문에 그랬던 거라고!"

소엔을 이곳으로 데리고 오는 데 고생깨나 했다.

마족이든 인간이든 린트 블룸의 주민들은 소엔이 독을 퍼뜨린 범인이라 의심하고 있었다. 아무리 그래도 돌까지 던지는 사람은 없었지만, 욕을 퍼붓는 사람도 있었고 도시 신문의 기자가 소엔으로부터 직접 얘기를 듣고자 일행을 졸졸 따라오기도 했다.

숙소와 상점은 소엔 일행을 보고는 문을 닫아 버렸다. 덕분에 소엔 일행은 숙박 장소를 찾는 것에도 애를 먹었다고 한다. 아마도 지금은 의회가 제공한 숙소에서 체류하고 있을 것이다.

"남들 몰래 대화를 나눌 만한 방은 기껏해야 여기 정도밖에 없다고. 나나 시우가 형과 만나는 모습을 다른 사람들한테 보이기 싫거든."

"그렇군. 그렌은 진료소, 시우는 순찰대에서 일을 했던가. 이 상한 소문이라도 돌면 곤란할 테니까 말이지."

소엔은 큭큭 웃었다.

거기까지 잘 알고 있다면 굳이 물어볼 필요도 없었을 텐데. 대체 어디까지 꿰뚫어 보고 있는 걸까. 그렌의 신경을 긁는 이러한 태도는 어릴 적부터 변한 게 하나도 없었다.

"……장소가 협소해서 미안하군."

방 안으로 작은 체구의 사람이 들어왔다.

스카디와 시우였다. 소엔은 살짝 당황한 기색으로 자리에서 일어났다. 스카디는 웬일인지 조금 언짢은 기색이었다.

"이, 이거 용투녀님 아니십니까——. 아뇨, 협소해서 나름의 정취가 느껴지는 방이로군요."

"권력에 알랑거리는 그 자세는 부정하지 않겠다만—— 좀 더 똑바로 처신하도록. 그 정도로 노골적이면 불쾌하기만 할 따름이니."

"네. 명심해 두겠습니다."

그렌은 인상을 찌푸렸다.

동생에게는 강하게 나오면서 스카디에게는 굽신거렸다. 이와 같은 빠른 태세 전환은 정치가나 상인에게는 필요한 자질일지도 모르겠지만, 가족 입장에서 보자면 어처구니가 없을 따름이었다.

"이 자리를 마련한 것은 바로 나다. 소엔, 지금 자네는 이 린트 블룸에서 인기를 한 몸에 받고 있지. 그래, 안 좋은 의미로……. 수로 거리에 원한을 품고 독을 퍼뜨린, 마족을 혐오하는 차별주의자. 그런 소문이 돌고 있지."

"네, 모두 잘 알고 있습니다. 왜냐하면."

소엔은 그 긴 머리를 쓸어 넘기더니.

"이 용의 도시에 그런 소문을 퍼뜨린 건, 바로 저이기 때문이죠."

""뭐어어어어어어엇?!""

그렌과 시우가 나란히 소리를 질렀다.

스카디 또한 웬일로 놀란 기색으로 눈을 동그랗게 뜨고 있었다.

"어, 어째서 그런 짓을?"

"어째서냐고? 이상한 걸 묻지 마라, 그렌. 저번의 그 사건…… 수로 거리에 퍼진 독극물은 네이크스 가문에서 만든 거잖아? 그 사실이 알려지면 사페는 난처한 입장에 놓이지. 네 진료소 또한 의심의 눈초리를 받게 될 테고 말이다. 내 부하가 아무 근거도 없는 헛소문을 퍼뜨려 너희를 도와준 건데 말이다."

"거짓말하지 마! 이득 될 게 하나도 없는데 형이 우리를 도와줄 리가 없어!"

그렌은 경악하면서도 확신을 갖고 대답했다.

옆에 있는 시우 또한 연신 고개를 끄덕였다.

마치 은혜를 베푼 것처럼 생색을 내고 있는 소엔이었지만 거

기엔 분명 다른 꿍꿍이속이 있을 게 뻔했다. 이미 독의 출처까지 알고 있었다. 소엔의 이해득실과 엮여 있으니까 수로 거리에서 발생한 사건을 조사했을 게 틀림없을 것이다.

"나 원, 친형에게 이게 무슨 말버릇인지. ──뭐, 나도 이렇게 일이 잘 풀릴 줄은 몰랐다. 마족이든 인간이든 소문에 휘둘리는 모습을 보니 참으로 한심하군."

"……소엔, 그 말은 그냥 넘길 수 없겠는데."

"이런, 이거 실례를 범했군요. 제 발언을 철회하도록 하겠습니다."

한 입으로 두 말 하며 종잡을 수 없는 태도로 사람들을 농락한다. 큰형의 성격은 예나 지금이나 조금도 변한 게 없었다.

"지금은 없는 사페도 분명 곧 돌아오겠지."

"……윽."

거기까지 알고 있었단 말인가.

소엔은 자신의 정치력을 동원해 린트 블룸에 사람을 풀어 정보를 수집했던 것이다. 그리고 그는 자신의 어떤 목적을 달성하고자 만반의 준비를 갖추고 린트 블룸을 방문했다.

로나가 수로 거리에서 목격했다고 한 인물도── 어쩌면 소엔의 부하였을지도 모른다.

"좀 이해가 안 가는데."

스카디가 언짢은 기색으로 말했다.

그녀가 불쾌감을 드러내는 건 드문 일이었다. 스카디는 언제나 초연한 태도를 보이지만── 다른 사람을 농락하는 태도를 보이는 소엔 같은 부류의 사람을 어쩌면 싫어하는 걸지도 모른다. 그렌도 마찬가지로 싫어했기에 그 심정은 이해가 갔다.

"순서대로 하나하나 설명해 보거라. 자네의 행동과 그 목적을 말이야. 드래곤도 이해하기 쉽도록."

"네. ——그럼 외람되오나 말씀드리도록 하겠습니다. 먼저 수로 거리에 독이 퍼진 직후, 동쪽에 있던 저에게 네이크스 쪽 사람이 보낸 서한이 도착했습니다. 네이크스 암살자들에게 소엔 리트바이트의 이름으로 암살을 의뢰한 자가 있었다더군요."

"……어떻게 된 영문이지?"

"그러게나 말입니다. 그 까닭까지는 알 수 없었지만—— 리트바이트 가문과 네이크스 가문은 과거에 전쟁을 종결하기 위해 서로 힘을 합쳤던 적이 있습니다. 그때의 인연 덕분에 이런 기묘한 의뢰가 있었다는 것도 저에게 직접 알려주었던 걸 테죠."

그렌은 납득했다.

두 가문은 인질 교환까지 벌였고, 실제로 네이크스 가문 수장의 딸인 사페가 동쪽에 있는 그렌의 집에 머문 적도 있었다. 그때의 연결 고리가 미약하게나마 남아 있었던 모양이다.

"하온데, 저에게 그 정보가 당도했을 때는 이미 수로 거리에 독이 퍼진 뒤였던 모양이더군요. 정말로 제 의뢰가 맞는지 확인을 하던 도중에 암살자 집단 쪽에서 무슨 착오가 있었던 모양입니다. 어쩌면 내분이 일어났을지도 모릅니다만……. 어쨌거나 이대로 가만히 있으면 제가 범인으로 몰리고 말죠."

"호오?"

"그렇기에 역으로 그런 소문을 퍼뜨렸던 겁니다. 지금 린트 블룸의 이목은 저에게 집중된 상태입니다. 이런 상황에서 제 누명을 벗고 진범을 잡을 수 있다면—— 린트 블룸에 제 이름도 널리 알려지게 되겠죠."

"……과연. 출세욕이 대단하구나, 소엔."

"위기는 곧 기회…… 그것이 제 좌우명이거든요."

다시 말해——.

네이크스 암살자에게 독을 퍼뜨리라고 지시를 내린 인물이 있었다. 그리고 그 범인은 어째선지 소엔의 이름을 사칭하며 그가 실각하기를 노렸다.

설마 리트바이트 가문과 네이크스 가문이 과거에 동맹을 맺은 적이 있었으리라고는 꿈에도 모른 채로 말이다.

"독 때문에 사망자가 나오지는 않았다고 들었습니다. 암살자 쪽에서도 이번 의뢰에 모종의 의도가 있으리라 짐작하고 치명적인 사태까지는 가지 않도록 손을 썼던 걸 테죠."

"그건 결과론에 불과해. 아닌가?"

"물론 그렇습니다. 이번 사태를 초래한 무리는 마땅히 엄벌에 처해야 한다고 봅니다. 저는 진범을 잡아 제 오명을 씻기 위해 이곳에 온 겁니다."

소엔은 그렇게 말했다.

다른 누군가가 자신의 이름을 사칭하여 누명을 씌우려 한 건 불행한 일이었지만—— 오히려 소엔은 그 누명을 스스로 퍼뜨려 자기 손으로 역전극을 연출할 계획을 꾸몄다. 위기를 기회로 삼아 자신의 명성을 높이려는 것이다. 친형의 그런 모습에 그렌은 현기증마저 느꼈다.

참고로 소엔의 얘기가 어려웠던 모양인지, 시우는 옆에서 떨떠름한 표정을 지으며 신음하고 있었다. 뿔 끝 부분에서 김이 살짝 피어오르고 있었다. 몸을 격하게 움직일 때뿐만 아니라 어려운 얘기 때문에 머릿속이 복잡해졌을 때에도 머리에서 열이 나는 모양이었다.

"이게 전부입니다. 저에게는 제 나름의 의도가 있었습니다. 뭐, 그 과정에서 의심받는 사람이 저 말고는 없었다는 게 다행이군요."

"그냥 동생들을 도운 거라고 솔직하게 말하지 그래?"

"핫핫핫. 설마 제가 그럴 리가요. 하하하."

설령 그런 마음이 완전히 없지는 않았더라도.

입이 찢어져도 그런 소리는 못 할 것이다. 형은 그런 성격이었다.

"들은 대로다, 그렌."

"……뭐가?"

"난 내 사정 때문에 움직였다. 앞으로 범인을 어떻게 잡을지 대책을 강구하겠다. 가끔이라도 좋으니 너도 네 사정 때문에 움직여 보는 게 어떠냐?"

"……하고 싶은 말이 뭔데?"

분명하게 말하지 않는 형의 모습에 화가 치밀었지만──.

아니, 그게 아니다. 사실은 그렌도 알고 있었다. 소엔이 무엇을 말하고 싶은지, 자신이 무엇을 하고 싶은지를 말이다.

"이봐, 시치미를 뗄 셈인가?"

"시치미를 떼다니……."

"사페를 찾으러 가고 싶지?"

형은 모조리 다 꿰뚫어 보고 있었다.

"……그렇지는."

않다, 라고 말하려다가.

"거짓말이오! 지금 오라버니의 머릿속에는 언니 생각밖에 없소이다!"

예상치 못한 쪽에서 소엔에게 도움이 들어왔다.

"저번에도 그거 때문에 시우에게 엉뚱한 화풀이를 했소이다!"

"갔다 오지 그러냐. 사페를 쫓아가면 되지. 있는 곳이야 마음만 먹으면 알아낼 수 있을 터. 어째서 그러지 않는 거지?"

형과 동생이 입을 모아 그렇게 말했다.

"나는 진료소를 맡고 있어. 그걸 함부로 내팽개칠 수는 없거든."

"언젠가 사페가 돌아오길 기다리고 있는 거 아니었나?"

"………."

형은 뭐든 다 알고 있었다.

분명 소엔은 예전부터 린트 블룸을 조사했을 것이다. 그가 가진 권력이라면 동원할 수 있는 인원도 제법 많을 터.

사페에 관한 것도.

그렌에 관한 것도.

다 알고서 이런 식으로 말하고 있는 걸까.

"형, 무슨 얘길 하고 싶은 건데?"

"동생을 생각하고 있을 뿐이다. 사랑하는 여자를 쫓아가는 게 뭐가 문제지?"

"사페는 돌아오지 않는다고 말했어. 그러니까, 그러니까 나는 단념해야……."

그렇다.

돌아올 생각은 없다고 말했다. 사페가 본가로 돌아간 건 분명 네이크스의 수장과 대화를 나누기 위해서일 것이다. 하지만 그 이후에는 어떻게 될까? 네이크스 일족이 독을 퍼뜨렸다는 사실은 변함없으며, 피해자들이 사페를 쳐다보는 시선도 변함없을 것이다.

그러니, 돌아올 수 없다.

그렌은 진료소에서—— 결코 돌아오지 않는 사페를 기다릴 수밖에 없는 것이다.

"정말—— 그걸로 족한가?"

소엔의 눈빛이 예리해졌다.

"네가 무슨 선택을 하든 그건 네 자유다. 하지만 말이다…… 내 동생이라면 좀 더 명예로운 선택을 취할 수 있지 않을까?"

"——형?"

그렌은 형의 의도를 읽을 수 없어 곤혹스러웠다.

형은 자신을 싫어할 거라 생각했었다. 유용하다면 이용하겠지만 걸리적거리면 내팽개친다. 그런 존재라 믿어 의심치 않았다. 지금도 설교 같은 말을 늘어놓고는 있는데—— 왠지 거기에는 또 다른 의도가 있는 것 같다는 느낌이 들었다.

"……소엔."

스카디가 입을 열었다.

"혹시, 내가 있으면, 방해되나?"

"그, 그렇지는 않습니다."

"뭔가 숨기고 있구나."

스카디가 그 앳된 눈동자로 소엔을 지그시 쳐다보았다.

소엔은 한동안 말이 없었다. 그 이마에는 땀이 흐르고 있었다. 냉혈동물 같은 이 남자가 식은땀을 흘리고 있는 모습은 처음 보았다.

"……대단히 송구스럽습니다만, 잠시 가족끼리 대화를 나누어도 되겠습니까?"

"알았어. 그리하면 사태가 호전되는 건가?"

"이미 저는 독을 퍼뜨린 범인이 있는 곳을 파악해 두었습니다. 지금쯤 제 부하가 용투녀님의 호위에게 이 사실을 전달하지 않았을까 싶군요."

"그런 건 먼저 말했어야지."

스카디가 노했다.

거드름피우며 중요한 얘기를 뒷전으로 미루는 것이 이 형의 나쁜 습관이었다.

"정보가 너무 적어. 자네는 좀 더 이해득실로 행동하는 사람이라고 봤는데?"

"그렇지 않습니다. 아뇨, 말씀하신 대로 저는 이해득실로 행동합니다만, 그렇지는 않고—— 지금까지는 정치와 명예에 관한 얘기였습니다. 그리고 이 이후에는 제 동생들과 가족끼리 얘기를 나누었으면 싶어서 말입니다."

"그래, 알았다."

스카디가 고개를 끄덕였다.

그렌은 전혀 이해하지 못했다. 어째서 소엔이 난처하다는 듯한 모습을 보이고 있단 말인가. 그렌조차 모를 정도였으니, 옆에 있는 시우는 그저 멍한 표정만 짓고 있었다. 이러면 애당초 두 사람이 교섭을 하고 있다는 것조차 이해하지 못했을 테지.

"비밀이 있다고 하는구나. 중요한 비밀. 네 형이 지금 그걸 가르쳐 주겠다고 하는군, 닥터 그렌."

"요, 용투녀님!"

"나로서는 짐작도 못 하겠지만, 다시 말해 그것은 독을 퍼뜨린 범인과는 관계없고 닥터 그렌의 심정과 관련된 얘기일 테니—— 잘 새겨들어야겠지?"

전혀 이해가 가질 않았다.

하늘 위에서 사람들을 내려다보는 듯한 스카디의 눈에는 대체 무엇이 보이고 있는 걸까—— 그리고 소엔이 난처해하는 이유는 무엇인가.

"그럼, 가족끼리 오붓한 시간 보내."

"감사합니다."

스카디가 곧바로 퇴실했다. 그 긴 꼬리가 마치 '좋은 시간 보내라.' 라고 말하는 것처럼 팔랑팔랑 흔들리고 있었다.

"……대체 뭔데."

"그렌, 시우, 중요한 얘기가 있다."

소엔이 진지한 눈빛으로 가족들을 쳐다보았다. 지금까지 대화를 따라올 수 없었던 시우가 등을 쭉 폈다.

소엔은 창가에 서서 혹여나 누가 몰래 듣지 않는지 경계하더니.

"실은, 나에게는 사랑하는 여자가 있다."

뭐————? 하고.

그 갑작스러운 말에 그렌은 속으로 소리를 내질렀다.

"에에에에엥?!"

옆에 있는 시우는 큰소리를 지르며 경악했지만.

"이 멍청아. 목소리 좀 낮춰라. 잘 들어. 절대 아무한테도 얘기하지 마라."

"윽?! 사, 사랑하는 사람이라니……. 형은 그런 쪽에는 관심이 없는 줄로만 알았는데."

"그러게나 말이다. 나도 원래 이런 시시한 쪽에는 관심도 없었지. 하지만 신기하게도 말이다……. 이런 나를 좋아해 주는 여자가 있더군. 서로 교류를 나누다 보니 어느샌가 나도 애정이라는 감정이 싹텄던 모양이다. 벌써 사귄 지 5년이 되었지만."

사람을 이해득실로만 따지는 이 남자가 연애라니.

게다가 연애하고 있다는 사실을 자기가 털어놓고 있다는 사태에 그렌은 어안이 벙벙할 따름이었다. 사고방식이 너무나도 달라서 머나먼 존재로만 여겨졌던 형이 처음으로 보인 인간다운 일면이었다.

"소, 소엔 오라버니! 그 얘긴 시우도 처음 들었소이다!"

"절대로 말 못 하지. 그 여자도 '귀변병'에 걸렸거든."

"어……."

"지금은 아직 같이 살 수 없어. 내가 가지고 있는 장원…… 사유지에서 다른 '귀변병' 환자들과 몰래 살고 있지. 만나는 것도 1년에 몇 번 안 돼. 그렇지만 언젠가는 내 아내로 맞이하고 싶다. ──시우, 넌 입이 가벼워서 탈이지. 이 얘길 들었으니 잠시 인간령으로 돌아오도록."

"도, 돌아갈 마음은 전혀 없소이다만……."

그렌은 이해가 갔다.

철두철미하게 숨겼을 것이다. 오니와 결혼하고 싶다는 얘기를 동쪽에서 했다가는 무슨 일을 겪을까. 실제로 시우는 뿔이 자랐다는 이유만으로 인간령에 있기 곤란해 린트 블룸에서 살기로 했다.

"오니가 된 여자와 결혼하려면 동쪽의 차별 의식을 바꿀 필요가 있다. 동쪽의 법률 때문에 '귀변병'에 걸린 자는 아직도 관혼상제 권리조차 박탈당하고 있지. 이게 믿기냐? 참으로 웃긴 일이지. 내가 사랑하는 여자조차 아내로 맞이하지 못하는 법은 지금 당장 뜯어 고쳐야만 해."

"……설마 형이 원로원에서 일하는 것도 이걸 위해서야?"

"그래. 정치의 실권을 장악하는 게 가장 빠른 길이니까."

그렌은 소엔이 오직 자신의 야심만을 위해 행동한다고 생각했었다.

그리고 실제로도 사적인 이유로 법을 개정하려 하고 있으니 이걸 야심이라 봐도 무방할 테지만── 그래도 그의 내부에 연모에서 비롯된 야심이 있으리라고는 그렌은 상상조차 하지 못했었다.

"소, 소엔 오라버니는 틀림없이 권력욕과 지배욕밖에 없는 사람이라 생각했소이다……."

"그렇게 행동했을 뿐이지. 만에 하나라도 내 진의를 다른 사람이 알았다가는 곤란하니까. ──설령 그게 가족이라 할지라도 말이다."

"그건…… 그 사람과 결혼할 수 없으니까……?"

"그래. 물론 이유가 그것만 있는 건 아니지만── 어쨌거나 지금의 내 출세욕은 여자와 함께 살기 위해서 비롯되었다는 얘기지."

소엔은 주저 없이 단언했다.

사랑하는 여성을 손에 넣기 위해 자신의 인생을 걸고 있다──. 소엔이 말하고자 하는 바는 바로 그것이었다.

"──형, 그건 우리한테도 끝까지 감추는 게 좋았을 것 같은데."

"그래, 맞아. 여태껏 가족들에게도 숨기고 있었지. 나도 내 상사였던 자를 밀어내고 원로원 내부에서 그럭저럭 높은 지위를 얻었다고는 하지만 아직 멀었거든. 만에 하나라도 내 연인이 오니라는 사실이 다른 사람들에게 알려졌다가는 신변이 위태로워지지──. 대체 내가 왜 굳이 이런 얘기를 꺼냈을까?"

"…………."

"그렌, 자신이 반한 여자는 자기 스스로가 직접 쫓지 않으면 못 잡는 법이다."

"윽……."

그렌이 동요하고 있음을 알면서도 소엔은 말을 이어 나갔다.

소엔이 자신의 가장 큰 비밀을 털어놓은 건 그렌을 설득하기 위해서였음을 이제야 알 수 있었다.

"나는 여자를 위해 인간령 자체를 바꿀 각오로 임하고 있다. 그런데 너는 어떻지? 사페를 손에 넣고 싶은 마음이 없는 건가?"

"하지만…… 아마도 사페는, 그걸 바라지 않을 거야……."

"내 아내가 될 여자도 늘 몇 번이고 말하지. '나를 위해 무리하지 마라.' '당신은 당신이 하고 싶은 것을 해라.' 라고 말이다──. 물론 나는 내가 하고 싶은 걸 하고 있을 뿐이지만. 너는 어떻지? 그렌."

"…………윽."

그렌이 바라고 있는 건 무엇인가.

사페를 위해 지금 자신은 무엇을 할 수 있을까.

소엔이 자신의 각오를 털어놓는 모습을 보고 그렌이 깜짝 놀랐던 것도 한순간에 불과했다. 그의 머리는 곧바로 움직이기 시작했다. 아마도 그건 틀림없이 사페를 위해서일 것이다.

"다행스럽게도 '귀변병'은 병이 아니라 유전이지. 종족의 차이가 없어지면 결혼을 막을 근거가 하나 줄어들게 된다. 인간령에서도 린트 블룸을 통해 서쪽의 마족들과 교류해야 한다는 목소리가 커지고 있으니—— 내가 오니 여자와 결혼할 수 있는 날이 오는 것도 이제 머지않았어."

"……형."

형은 자신이 원하는 걸 반드시 손에 넣고 마는 성격이다.

그렌은 한번 입장을 바꿔 생각해 보았다. 자신은 어떤가——.

"너도 좀 네 야심을 보여 봐라. 무슨 일이 있어도 의사가 되겠다며 본가를 뛰쳐나가 마족 아카데미에 입학했을 때처럼 말이다."

마족을 치료하는 의사가 되고 싶다고 말했을 때.

부모님은 당연히 반대했다. 소엔은 상속 문제로 다투기 싫었기에 그렌을 내쫓고 싶어 했다.——아니, 그렌이 집을 나가도록 적극적으로 획책했다. 시우는 사이가 좋은 둘째 오빠와 떨어지기 싫어서 마냥 울고만 있었다.

그럼에도 그렌은 마족을 위해 의료를 배우고 싶어서—— 그렇다.

애당초 의사가 되고자 했던 계기는, 대체 뭐였을까——.

"윽!"

그렌은.

책상을 치며 그 자리에서 일어났다. 시우가 깜짝 놀라 어깨를 떨었다.

"이제야 좀 정신을 차렸나?"

소엔이 동생의 얼굴을 보며 즐겁다는 듯이 큭큭 웃었다.

"──그래, 형."

의사가 되고 싶다.

그 발단은── 어린 시절에 사페가 감기에 걸렸을 때 비롯되었다. 그렇다면 어엿한 의사가 되기를 지향하는 자신의 곁에 사페가 없는 건 이상했다.

의사의 꿈을 포기하지 말라고 사페가 말한다면야.

그렌은 자신의 곁에 언제나 그녀가 있었으면 싶었다.

"나는, 사페를 맞이하러 가겠어."

어떻게 하면 좋을지는 아직도 알 수 없었다.

애당초 자신의 손이 미치는 범위 내에 사페가 있으리라는 보장도 없었다.

그럼에도 손을 뻗지 않으면 이번에야말로 두 번 다시 사페는 자신의 손이 닿지 않는 곳으로 가 버릴 것만 같았다.

"아…… 그, 그렇소이다! 시우도 그게 좋다고 생각한다오!"

시우 또한 그렌의 결의를 보고는 거듭 고개를 끄덕였다.

사페가 무슨 생각을 하고 있든── 어쨌거나 그렌을 사랑해 준다고 말했다. 그 마음에 거짓은 없을 것이다. 그렇다면 그렌은 그 대답을 하기 위해서라도 다시 한번 그녀와 만나야만 했다.

그 결과가 어떻게 되든—— 지금은 그게 올바르다고 생각했다.

"——이제야 본론으로 들어갈 수 있겠군."

소엔이 종이 한 장을 꺼냈다. 동쪽 나라의 문자로 휘갈겨 쓴 것이었다.

"그건 그렇고, 네이크스의 서한을 받고 나서 여러모로 조사해 봤는데—— 인간령에서 죄수 하나가 감옥에서 탈옥했다고 하더군."

"죄, 죄수?"

"그 녀석은 나와 용투녀님에게 원한을 가지고 있거든. 난처하게도 하필 돈과 권력은 가지고 있던 놈이었지. 아직도 협력하는 자들이 있더군. 대역을 내세워 나와 원로원 몰래 감쪽같이 탈옥했지. 그리고 지금 그 녀석은 아무래도 린트 블룸에 머무르고 있는 모양이다. 그러한 사실을 내 부하가 밝혀냈고—— 린트 블룸에 독을 퍼뜨리고 그 죄를 나에게 뒤집어씌우려고 하는 자는 틀림없이 그 녀석이야."

그렌은 고개를 갸웃거렸다.

"그래서 그 사람은 어디 있는데? 린트 블룸에 있었다면 곧바로 스카디 씨가——."

"그게 교묘하단 말이지. 이 도시에는 신분이나 신원을 밝히지 않아도 숙박할 수 있는 숙소가 딱 한 군데 있다고 하더군. 듣자 하니 흉가 같은 곳에 있어서 강도나 살인마 걱정 없이 숙박할 수 있다던데—— 도시 외벽 바깥에 있기는 하지만 거기도 틀림없이 린트 블룸의 일부라고 하더군."

신원 확인 없이 숙박할 수 있는 곳이 있다고?

그런 말도 안 되는 얘기가―― 아니, 딱 한 군데 있다. 이 도시의 일부이면서 이질적인 분위기를 가진 장소. 최근에는 관광 사업에 주력한 덕분에 외부에서 점점 더 많은 사람들이 방문하는 곳.

"묘지 거리――."

그렌이 중얼거리자, 시우가 그 말을 이어받았다.

"데드리치 호텔……!"

죽은 자들만 있는 묘지 거리의 호텔이라면―― 신원이 수상쩍은 죄수라도 아무 문제없이 숙박할 수 있을 것 같았다.

"이건 참고로 말해 두는 건데, 얼마 전에 마족령과의 경계에 있는 관문을 알비노 라미아가 지나갔다고 한다. 린트 블룸으로 돌아오는 길을 갔다고 하더군. 아마 어제쯤에는 묘지 거리에 다다랐겠지. 무슨 준비를 하고 있는 건지, 아니면―― 어떤 기회를 노리고 있는 건지."

"아! 형, 그런 것까지…….”

"상인의 정보망을 얕보지 마라. 내가 이렇게까지 밥상을 차려줬는데―― 이제 더 할 말은 없겠지?"

그렌은 고개를 끄덕였다.

그러고는 곧장 바람과도 같은 기세로 좁은 의회의 방을 나갔다.

"……이거야 원, 손이 많이 가는 동생이로군."

소엔은 깊이 한숨을 내쉬었다.

시우는 아무 말도 하지 않았지만, 큰오빠를 치하하듯 그 어깨를 탁탁 두드려 주었다.

사펜티트 네이크스는 암살자로서 자랐다.

네이크스 가문 및 그와 관련된 일족은 표면상으로는 약사로서 이름을 떨친 일족이었다. 하지만 한편으로는 암살을 생업으로 삼으며, 약장수의 모습을 빌려 요인 암살을 청부받아 왔다는 역사가 있다.

사페는 당대 수장의 외동딸이었다.

그 수장은 바로 사페의 어머니였다. 하지만 그녀는 암살에 중점을 두지 않았다. 여차하면 주저 없이 암살을 저지르기도 하지만, 지금은 평화로운 시대다. 네이크스 가문 입장에서는 약 판매로 이름을 떨치는 것이 이득이었다.

평화로운 시대가 오면 암살 일도 자연스럽게 감소한다. 하지만 여차할 때를 위해 독니만큼은 남겨 두었다. 그것이 사페의 어머니가 가진 사고방식이었다.

그런데 그런 어머니가 린트 블룸에 독을 퍼뜨리는 말도 안 되는 짓을 정말로 저질렀을까.

사페는 그 의문을 가슴에 품고 네이크스 마을로 돌아왔다.

『나는 모르는 일이다.』

오랜만에 만난 사페의 어머니는.

사페의 기억에 남아 있는 것과 똑같은 싸늘한 눈초리로 그렇게 말했다.

『다른 분가에서 그런 의뢰를 받은 모양인데, 암살 가업이 의뢰를 받고 돈을 대가로 일을 처리했다. 단지 그뿐인 얘기지.』

그저 담담하게, 아무 감정도 드러내지 않는 어머니의 태도. 그 모습은 사페에게 암살 기술과 약 제조법을 가르쳤을 무렵과 똑같았다. 나이는 제법 먹었을 텐데도 노쇠해진 모습은 눈곱만큼도 보이지 않았다.

『독을 퍼뜨렸음에도 아무도 죽지 않은 걸 보면 의뢰자는 상당히 무리한 요구를 제시했거나 예의를 모르는 자였을 테지. 우리 일족에서 의뢰를 완수하지 못한 자는 없을 터――. 의뢰자가 암살자의 기분을 어지간히도 상하게 하지 않는 한은 말이지. 지금 린트 블룸에서 파란을 일으키는 것도 그리 상책은 아닐 테고.』

어머니는 그렇게 말했다.

린트 블룸을 경기가 좋은 신흥 도시로밖에 보지 않는 것이다. 아니, 분명 어머니는 그 도시에 아무런 관심도 없을 테지. 하지만 사페에게는 그렌과 함께 시간을 보냈던 더할 나위 없이 소중한 장소였다.

『그러니 사펜티트. 네 요청은 들어줄 수가 없다. 의뢰를 받은 암살자는 네이크스의 가업을 했을 뿐이다. 누가 그 일을 저질렀는지 알려 주지도, 처벌하지도 않겠다.』

사페는 아무 말도 하지 않았다.

네이크스 마을까지 돌아왔으면서 독을 퍼뜨린 자를 잡지도 못했다—— 당연할 것이다. 네이크스 일족은 암살을 생업으로 존속해 왔다.

그들의 그런 생업을 부정한다면 그것 또한 사페 자신의 태생을 부정하는 셈이 된다.

사페가 개인적으로 범인을 찾아내 보복할 수는 있을 것이다. 하지만 그런 짓을 저질렀다가는 오히려 사페가 배신자로 몰려 죽는다. 어머니는 설령 자신의 딸일지라도—— 아니, 자신의 딸이기에 네이크스의 수장으로서 엄격한 처분을 내릴 것이다.

더 이상 범인을 쫓을 수 없었다.

그렇다면 범인 대신 의뢰자—— 네이크스의 암살자에게 독을 퍼뜨려 달라고 의뢰한 자를 찾아내서, 죽여 버리자.

사페는 그럴 작정으로—— 린트 블룸의 묘지 거리까지 돌아왔다.

(이 얼마나.)

사페는 어둠 속에 숨었다.

천장 밑에 몸을 숨기는 건 라미아의 특기였다. 하지만 사페는 어둠 속에서 자기 스스로를 비웃었다.

(이 얼마나 어리석은 짓일까요——. 이미 사건은 끝났는데. 암살자는 의뢰를 완수했을 뿐이고 린트 블룸은 평화를 되찾았죠. 이제 와서 의뢰한 자를 죽여 봤자 아무 소용없을 텐데.)

준비해 온 독 바른 칼을 한 손에 쥔 채, 사페의 마음은 한없이 가라앉았다.

(그러니 이건 그저 화풀이에 불과해요.)

자신은 그렌 곁을 떠났다.

네이크스 가문에서 제조된 독극물이 사용된 이상 자신은 이제
더 이상 그렌 곁에 있을 수 없었다. 그렌 본인에게 폐를 끼치게
된다.

사랑한 남자로부터 떨어져야만 했다———. 그 사실이 사페의
심장을 끓어오르게 만들었다. 하다못해 범인에게 상응하는 벌
을 내리지 않으면 성이 차질 않았다.

사페가 있는 곳은 데드리치 호텔의 천장 밑이었다.

사페는 천장 판자 틈새를 통해 방 내부를 엿보고 있었다.

호텔의 어느 한 방에는 멀리서 온 숙박객이 머무르고 있었다.
숙박 명부를 살폈더니 그의 이름은 소엔 리트바이트라 적혀 있
었다. 하지만 물론 사페는 그것이 가명이라는 것을 알고 있었
다. 그 중년 남자의 풍만한 체격은 키가 크고 호리호리한 소엔
과는 조금도 닮지 않았다.

사페는.

마음을 먹고서 꼬리를 천장 판자에다 내리쳤다. 묘지 거리다
운 분위기를 유지하기 위해 다소 노후화되어 있던 천장 판자는
사페의 힘으로 손쉽게 부술 수 있었다.

그러고는 그대로 스르르 내려가.

뱀의 몸체를 구불거리며 착지했다. 긴 꼬리를 마치 용수철처
럼 이용하여 착지할 때의 충격을 줄였다. 뚱뚱한 남자는 느닷없
이 눈앞에 나타나는 라미아 암살자를 보더니 비명을 내질렀다.

"소엔 리트바이트…… 아니, 그 이름을 사칭한 오크라우 전

(前) 공작이죠?"

"히익."

사페의 몸에서 뿜어져 나오는 살기에 남자의 표정이 굳었다.

그는 몸을 돌려 달아나려고 했지만 그 움직임은 처참하다고밖에 말할 수 없었다. 설령 사페가 암살 기술을 습득하지 않았더라도 손쉽게 처치할 수 있을 테지.

어두컴컴한 데드리치 호텔은 호텔이라 부르기에는 조금 부족한 감이 없지 않았다. 하지만 그것은 의도적이며 그러한 공포감을 선사하는 연출 때문에 관광객들이 찾는다고 한다. ──그리고 이곳을 찾는 사람들 중에는 자신의 신분을 숨기고 싶은 죄수 같은 사람들 또한 포함되어 있다.

다른 숙박객들에게 피해를 끼치지 않는 한 이 호텔에서는 신분을 위장하면 죄수이건 강도건 숙박할 수 있다고 한다. 도시 주민들에게는 미안한 얘기지만 사페가 조사한 바로는 선대 지배인의 시절부터 그래 왔다고 한다.

게다가 묘지 거리에 사는 주민은 대부분 죽은 사람들뿐이다. 린트 블룸 시가지에 들어가려면 관문을 통과해야 한다──. 그렇기에 숙박 명부만 관리하면 충분할 테지.

일처리 좀 똑바로 했으면── 사페는 속으로 모리에게 욕을 퍼부었다.

"이미 조사는 다 끝났어요. 동쪽의 원로였음에도 스카디 님께 하피 알을 매매하던 걸 발각되어 실각당했죠. 그 뒤에는 체포되었을 텐데……. 협력자가 있었나 보죠? 소엔과 스카디 님……

아니, 린트 블룸 자체에 엉뚱한 원한을 품고 독을 퍼뜨려 달라고 의뢰한 거로군요."

사페가 남자의 등에 대고 죄상을 읽어 나가듯 말을 걸었다.

비명을 지르며 달아나는 오크라우의 모습에 원로였을 시절의 위엄이라고는 눈곱만큼도 없었다.

"얌전히 있으면 목숨까지는 빼앗지 않겠어요."

사페는 그렇게 말하고 나서 자조했다.

독 바른 칼을 손에 쥐고 있으면서 목숨까지는 빼앗지 않는다는 건 또 무슨 소리란 말인가. 범인이 누구인지 알아냈다면 린트 블룸의 순찰대에게 연락했어야 할 것이다.

이건 그저 개인적인 앙갚음에 불과했다.

"……아니, 아무래도 그냥 확 죽여 버릴까 싶네요."

사페는 싸늘하게 내뱉었다. 그 눈에 웃음기라고는 없었다.

사페는 호텔 내부를 이리 도망치고 저리 도망치는 오크라우를 느긋하게 추격했다.

서두를 건 없었다. 온도를 감지할 수 있는 사페의 눈은 어둠 속에서든 벽 너머로든 남자의 위치를 찾아낼 수 있다. 소리도 없이 표적에게 살며시 다가가 그 목을 꺾어 버릴 수 있기에 라미아는 암살자로서 그 이름을 떨쳐 왔다.

묘지 거리에는 죽은 자들밖에 없다.

그것은 다시 말해 열원이 무척이나 적다는 걸 의미했다. 체온이 없는 죽은 자들과 살아 있는 인간을 구별하는 건 손쉬운 일이었다. 사페는 자신의 사각에 들어오는 열원을 느긋이 쫓아가———.

"…………?"

사페는 고개를 갸웃거렸다.

열원이 희미해졌다.

벽 너머에 열원이 두 개 겹쳐 있는 것처럼 보였다. 도망치고 있는 건 오크라우 공작일 텐데——. 다른 누군가가 호텔의 이 층까지 올라온 걸까.

"——설마."

사페는 불길한 예감이 들어서 멈춰 섰다.

계속 쫓을 것인지, 아니면 여기서 물러날 것인지 판단을 내리지 못한 채로.

"여어."

그 목소리는 사페가 알던 무렵과 변함없었다.

"늦지 않아서 다행이야——. 모리 씨 덕분에 살았어."

벽 너머에 있는 열원이 그 모습을 드러냈다.

체온이 높았다——. 분명 뛰어왔을 테지. 숨이 가빴다. 하지만 사페가 잘못 들을 리 없었다. 그 목소리는 사페가 사랑하는 사람의 목소리였다.

"그렌…… 선생님."

도시 의사 그렌은 미소 지으며 사페 앞에 모습을 드러냈다.

"그렌 선생님, 여긴 또 어떻게 알고 오셨나요?"

"소엔 형이 린트 블룸에 왔거든. 나에게 이것저것 가르쳐 줬
는데…… 결론적으로 여기밖에 없겠다 싶더라고."

그렌은 이마에 맺힌 땀을 닦았다.

묘지 거리의 지배인인 모리와 만나 소엔의 이름을 사칭한 수
상한 숙박객이 호텔에 머무르고 있다는 것도 알아냈다.

"모리 씨도 깜짝 놀라시더라고. 수로 거리에서 그 사건을 일
으킨 주모자를 역시나 계속 호텔에 머무르게 할 수는 없는 노릇
이었거든. 그래서 한번 알아보라고 얘기는 하시던데…… 네가
그자를 노리고 있다는 것까지 분명 예상하셨을 거야. 그래서 내
가 여기에 들어갈 수 있도록 바로 허락해 주신 거겠지."

"이렇게나 신속하게 대처했단 건…… 소엔이나 스카디 님도
나섰다는 말이군요."

"물론이지. 린트 블룸의 위기니까 말이야."

그렌은 웃었다.

전 공작은 허겁지겁 호텔 밖으로 달아났다. 스카디와 모리, 시
우를 비롯한 순찰대가 그를 뒤쫓고 있었다. 붙잡는 건 시간문제

일 테지.

"사건은 거의 끝났다…… 그런 얘기로군요. 나머지는 제 문제예요, 그렌 선생님."

"아니. 나와 사페의 문제지."

사실은.

그렌은 만나서 기쁘다고 말하고 싶었다. 이제 두 번 다시 만나지 못할 거라 생각했기에 이렇게 다시 만난 게 기뻤다.

하지만 그것을 기뻐하는 건—— 사페가 손에 쥐고 있는 독 바른 칼을 어떻게든 처리하고 나서다.

"스카디 씨 일행은 전 공작을 뒤쫓고 있어. 그러니까 사페, 네가 이런 짓을 할 필요는 없어."

그렌의 호소에 사페는 입술을 깨물고 있었다.

"그 칼은 버리고 같이 진료소로 돌아가자. 지금의 린트 블룸에서 널 원망할 사람은 아무도 없으니까. 제대로 설명하면 다들 이해해 줄 거야."

"——안 돼요."

사페가 굳은 음성으로 말했다.

"……어째서."

"안 된다고요. 저는, 돌아갈 마음 없어요."

솔직하게 말해서.

그렌은 일이 쉽게 풀릴 거라 얕보고 있었던 걸지도 모른다.

사페와 다시 만나면 그녀도 생각을 바꾸리라고 말이다. 그렌이 자신의 솔직한 마음을 전하면 사페는 틀림없이 돌아와 줄 거라고── 그런 어설픈 망상을.

사페의 싸늘한 눈빛을 보고 그렌은 그것이 자신의 착각이었음을 뼈저리게 깨닫게 되었다.

"선생님, 저는 암살자 혈족으로 태어나 암살자로서 자랐어요."

"……? 그건 알고 있어. 하지만 그런 건──."

"실제로 목숨을 빼앗은 적은 없지만, 그 기술과 사고방식은 저에게 녹아들었어요. 전쟁이 끝났으니까 내 약학 지식으로 수많은 사람들을 돕고 싶다, 그런 꿈을 꾸고 본가의 반대를 무릅쓰고 아카데미에 입학했죠. 그렌 선생님과 함께 있으면 제 지식으로 다른 사람을 도와줄 수 있어요. 선생님께도 힘이 되어 드릴 수 있다…… 그런 착각을 했었어요. 하지만."

사페는 천천히 그렌으로부터 떨어졌다.

자기도 모르게 한 걸음 내디딜 뻔한 그렌이었지만 그 움직임에 맞춰 사페는 더욱더 거리를 벌렸다. 그 때문에 그렌은 더 이상 움직일 수 없었다. 쫓아갔다가는 마치 물처럼 자기 손에서 벗어날 것만 같았다.

"본가와 엮인 사건이 일어나고 말았어요."

"그건── 네 탓이 아니잖아."

"물론이죠. 하지만 제 태생과 혈족은 꼬리표처럼 붙어 있어요. 이번 사건은 까딱 잘못했으면 진료소가 위태로웠을 거예요. 그렌 선생님이 더 이상 의사 일을 할 수 없을 가능성도 있었다고요. 그렇기에 저는 린트 블룸을 떠났어요. 이번에야말로 본가와의 관계를 청산하기 위해서. 주모자와 독을 퍼뜨린 자를 이 손으로 처단하기 위해서——. 하지만."

사폐는 아무 말 없이 독 바른 칼을 칼집에다 넣었다.

그 동작에는 후회만이 배어 나오고 있었다——.

"바로 그것이야말로…… 남몰래 악당을 응징하겠다는 그 생각 자체가 암살자 같지 않나요? 안 그래요? 선생님."

"사폐……."

"그리고 저는 결국 제 동족인 암살자를 처벌하지도 못했어요. 본가와 청산하기를 바랐지만 막상 닥치고 보니까 못 하겠더라고요. 전(前) 공작은 생판 모르는 남이니까 죽일 수 있을 거라고 —— 그런 생각밖에 안 들었어요. 암살자로서도 너무나 미숙해요."

그것은——.

"그건 다시 말해…… 넌 암살자 같은 게 아니야. 약사이자 내 조수라고."

"약사였다면!"

사폐가 날카롭게 외쳤다.

그 목소리에 사폐 스스로가 놀란 모양인지 눈을 동그랗게 치떴다.

"……약사라 자칭할 거였으면, 애초에 전 떠나서는 안 됐어요. 오기로라도 수로 거리에서 일어난 사태에 약사로서 대응했어야 해요."

"……사폐."

"독의 출처가 어디인지는 관계없어요. 설령 무슨 소릴 듣더라

도 무시해야 했어요. 수로 거리에 독이 퍼졌다면, 제가—— 제
가 직접 독을 채취하고 조사해서 해독제를 만들어 피해를 입은
분들을 치료해야 했어요. 만약에 제가 정말로 약사였다면 그래
야만 했다고요."

그렌은 아무 말 없이 가만히 사페의 이어질 말을 기다렸다.

"격한 감정에 몸을 맡기고 독 바른 칼로 모든 걸 청산하려고
했던 저는 더 이상 약사 자격이 없어요. 암살자로서도 약사로서
도 미숙해요……. 그렌 선생님, 저는 더 이상 갈 곳이 없는 여자
예요. 그러니, 선생님의 진료소에도 돌아갈 수 없어요."

그렌은 착각하고 있었다.

사페는 모든 것을 각오하고서 그렌에게 편지를 남기고 자신의
곁을 떠났다고 생각했다.

하지만 그렇지 않았다——. 사페 또한 고민하고 있었던 것이
다. 린트 블룸에서 떠난 것을 말이다. 그때는 그게 올바르다고
여겼지만 후회는 언제나 뒤를 따라다녔다. 독 바른 칼을 손에
쥔 뒤에야 자신의 잘못을 깨달았지만 이미 때는 늦은 뒤였다.

"저는 약사로서 그렌 선생님 곁에 있고 싶었는데…… 암살자
로서 자란 것이, 출신이, 그것을 용납하지 않아요."

얼굴을 가린 사페에게 그렌은 아무 말도 할 수 없었다.

"저는 결국, 암살자였던 거예요. 누군가를 죽여서 청산하려
고 했던 시점에서 저는 약사 자격이 없었던 거죠……."

그렇기에 돌아갈 수 없다.

더는 그렌 곁으로 돌아갈 수 없다.

"저는 약사 실격이라고요, 선생님."

"──무슨 소릴 하는 거야."

그렌은 알고 있었다.

지금까지 사페로부터 얼마나 많은 도움을 받아 왔는가. 약사로서의 그녀가 없었다면 그렌은 진료소 운영조차 제대로 할 수 없었을 것이다. 설령 암살자의 혈족이라 할지라도 약사가 되고자 매진해 왔던 사페의 모습을 그렌은 잘 알고 있었다.

"사페, 너는 암살자였던 자신을 경멸하고 훌륭한 약사가 되기 위해 노력해 왔잖아. 언제 어느 때나 자신의 출신과는 관계없다는 듯이 약사가 되기 위해 노력해 왔잖아. 네가 해 왔던 일들은…… 충분히 너다운 일이었어."

"…………."

"네이크스의 암살자도 사실 린트 블룸에서 학살을 일으킬 생각은 없었던 거지? 퍼뜨린 독은 극히 미량에 불과했어. 물론 그렇다고 해서 용서받을 수 있는 건 아니지만── 너와 동향인 라미아도 의뢰를 받았다고 해서 아무렇지 않게 다른 사람의 목숨을 빼앗지는 않을 거야."

사페가 배운 암살 기술들 중에는 독을 제조하는 방법도 있을 것이다.

그 지식과 경험을 살려 약을 만들고 치료에 도움을 주었던 적도 몇 번이고 있었다. 저번에 '수면병'이 창궐했을 적에도 그녀의 노력이 도시를 구한 적도 있었다.

"암살자니까 안 된다는 건 잘못됐어. 그런다고 약사가 될 수 없는 것도 아니야. 암살자였으니까 약사가 될 수 있을지도 모르잖아. 어떤 독이든 쓰기에 따라서는 약이 될 수도 있다고…… 그런 건 네가 제일 잘 알고 있잖아."

독도 약도 쓰기 따름이다.

미량이라면 약이 되는 성분도 대량으로 섭취하면 독이 된다. 그걸 취급하는 데 정통한 사람이 바로 사페였을 것이다.

"암살자 가문에 태어났음에도 약사가 되기 위해 노력했던 게 너였잖아. 약사 실격이라고 정하는 건 너도 나도 아니야. 아직 린트 블룸에서 자신의 꿈을 위해 노력할 수 있을 거야…… 사페!"

"안 돼요. 저는…… 이미 잘못을 저질렀어요."

"아직 한 번뿐이잖아! 널 원망할 사람은 아무도 없어. 충분히 만회할 수 있다고……!"

"아뇨. 사람의 목숨을 맡은 자는 단 한 번의 잘못이 치명적인 결과로 이어질 수도 있어요. 저는 더 이상 다른 사람의 목숨을 맡아서는 안 돼요."

그렌은 한숨을 내쉬었다.

사페의 고집은 꺾일 줄을 몰랐다. 그녀는 그렌과의 거리를 조심스럽게 유지하며 그 기다란 몸을 창가 쪽으로 이동시켰다. 낡은 창문을 부수고 밖으로 도망치는 건 사페에게는 손쉬운 일일 것이다.

"——혼인 신고서 말인데."

"네?"

화제를 전환하자, 사페가 눈을 가늘게 떴다.

"선생님이 티사리아를 택하시든 아라냐를 택하시든, 저는 이의 없어요. 어느 쪽이든 원하시는 상대와 결혼해 주세요——. 분명 그 둘이라면 그렌 선생님을 잘 지탱해 줄 거라 믿고 있고, 또 그렇게 약속했으니까 말이에요."

"분명 그 두 사람의 서류에 이름은 적어 놓았어. 네가 원한다면 나는 둘 중 한 사람과 결혼해야 하지 않을까—— 그렇게 생각했던 적도 있었거든. 두 사람 모두 멋진 여성이라 생각하지만, 그래도."

그렌이 꺼낸 건.

둥글게 만 양피지였다.

"내가 결혼하고 싶은 사람은, 단 한 사람뿐이야."

그것은.

그렌의 이름을 적은 혼인 신고서였다. 상대의 이름을 써야 할 위치는 공란이었지만—— 사페 또한 거기에 누구의 이름이 들어갈지 알아차린 모양이었다.

"그건……."

"스카디 씨에게 확인도 받았어. 딱히 도시에서 추방된 것도 아니니까 너는 아직 린트 블룸의 주민이야. 결혼하는 데도 문제없고. 그러니까——."

그렌은 사페를 똑바로 쳐다보았다.

여태껏 솔직하게 말 못했던 자신의 마음을 전달해야만 했다.

성장해야만 한다면, 결단해야만 한다면, 지금이 바로 그때였다. ──그리고, 그것을 전해야만 한다.

그렌은 사페와 두 번째로 헤어졌다.

첫 번째는 어릴 적이었다. 두 번째는 사페가 편지를 남기고 진료소를 떠났을 때였다. 그리고 세 번째는 없도록 할 것이다. 그렌은 이제 두 번 다시 사랑하는 여성과 헤어지지 않을 것이다.

"나와 결혼해 줄래? 사페."

"그렌……."

사페는.

입술을 떨며 무언가를 말하려고 했다.

"하…… 나…… 그……──!"

사페가 고개를 저었다.

꼬리가 찰싹찰싹 바닥을 치고 있었다. 그것이 사페가 갈등하고 있음을 여실히 드러내 주고 있었다. 뭐라 대답해야 좋을까.

그녀가 동요하고 있는 것과는 달리 그렌은 흔들림 없는 눈빛으로 사페의 대답을 기다렸다.

"암살자도 약사도 안 된다면── 내 아내가 되어 줘, 내 곁에 있어 줘."

"──────윽!"

사페가 스르르 움직였다.

역시 틀렸는가──. 그렌이 그렇게 생각한 순간이었다. 사페가 그렌의 가슴으로 뛰어들었다.

"저, 저도……."

오열과 함께.

"저도, 계속 함께 있고 싶어요! 그러고 싶어요! 그렌의 곁에 있고 싶어요! 이제——두 번 다시 헤어지기 싫어요, 그렌……!"

사페가 흐느끼며 그렇게 말했다.

라미아인 사페에게 눈물샘은 없다. 그렇기에 눈물은 흘리지 않는다. 하지만 고양된 감정은 오열이 되어 새어 나왔다.

사페는 흘릴 눈물도 없는데 울고 있었다.

"그래. 그래……."

그렌은 사페를 껴안고서 몇 번이고 고개를 끄덕였다. 그렌도 눈물이 나올 것만 같았지만, 그건 참았다.

저 멀리서 종이 울렸다.

묘지 거리에 있는 폐교회의 종이었다. 어느샌가 어두컴컴했던 호텔 복도에는 랜턴 불빛이 켜져 있었다. 불빛은 마치 그 두 사람을 축복해 주듯 부드러운 색의 빛을 발하고 있었다.

"……고스트들이 보고 있었나 봐."

사페는 그렌의 가슴에 얼굴을 묻고 있었기에 아직 이 묘지 거리 특유의 축복을 알아차리지 못한 걸지도 모른다.

프러포즈 하는 모습을 수많은 이들이 보고 있었다는 건 부끄러웠지만—— 고스트들도 나쁜 의도는 없을 것이다. 도깨비불의 불빛이 축복해 주는 것도 나쁘지는 않았다.

종이 몇 번이고 울려 퍼졌다.

그 종도 축복의 일환일 테지—— 종이 녹슬어서 그런지 마치 정체 모를 괴물의 울음소리처럼 들리고 있는 게 옥에 티였지만.

묘지거리는 프러포즈를 할 장소로서 어울리지 않았지만, 그

런 점도 그렌답다는 느낌이 들었다.

"──저는 더 이상 떨어지지 않을 거예요, 그렌."

어느샌가.

사페의 꼬리가 그렌의 발목을 단단히 휘감고 있었다. 확실히 이래서는 떨어지려야 떨어질 수 없을 것이다. 사페는 양팔보다 꼬리에 더 힘을 주고서 그렌의 몸을 껴안았다.

"각오하세요, 그렌."

"그래."

평소라면 사페의 그 말을 듣고 쩔쩔맸을지도 모른다.

하지만── 그렌은 이미 각오를 했다. 눈앞에 있는 여성과 하나가 되기로 결심했다.

"각오야 이미 옛날에 했어. ──앞으로도 잘 부탁해, 사페."

"──뭐, 그, 그런……."

말을 먼저 꺼낸 건 사페 본인이었지만, 전혀 흔들림 없는 그렌의 모습에.

사페는 얼굴을 새빨갛게 물들이고서.

"네…… 네에, 이쪽이야말로, 잘 부탁……."

꺼져갈 듯한 목소리로 그렇게 중얼거렸다.

남자는 산길을 달리고 있었다.

장년인 그는 숨을 헐떡이며 산길을 나아가고 있었다. 평소에 운동을 게을리했던 그의 몸은 제대로 말을 듣질 않았다. 하지만 추격자의 모습은 보이지 않았다. 설마 묘지 거리에서 비블 산으로 이어지는 길로 접어들었을 줄은 꿈에도 몰랐을 테지.

지금쯤 린트 블룸의 순찰대는 시가지 쪽을 뒤지고 있을 것이다.

(해, 해냈다…… 따돌렸어……!)

남자는 혼자서 웃었다.

상당히 초라한 모습이었지만 그래도 장년의 사치스러운 생활 덕분에 살집은 남아 있었다.

지금은 명백히 몰락했어도 그에게는 분명히 인간령에서 원로였던 시절의 모습이 남아 있었다. 그는 오크라우 전 공작이었다.

하피의 알을 불법 매매한 죄목으로 구류되어 있던 남자였다. 데드리치 호텔로 도망쳐 거기서 사페에게 습격을 당한 남자.

"소엔 이 자식…… 도마뱀 년…… 절대로 용서 못한다……! 무슨 수를 써서라도 몰락시키고 말겠어……!"

그의 눈은 복수심에 활활 타오르고 있었다.

용투녀 스카디. 자신의 부하였음에도 주군을 계략에 빠뜨린 소엔. 그의 분노는 그 두 사람뿐만 아니라 린트 블룸 그 자체를 향하고 있었다. 린트 블룸에서 사건이 일어나면 스카디에게 간접적으로 복수할 수 있다는 판단에서였다.

"나에게 협력하는 자들은 아직도 있다……! 서쪽에 몸을 숨겨 언젠가 거병하여 전쟁을……!"

전 공작의 머릿속에는 최종적으로 인간과 마족의 전쟁을 다시 일으키겠다는 야심이 있었다.

그리고 그 혼란을 틈타 소엔을 암살하고 다시 자신이 원로로 복권하는 것이다——. 옆에서 보면 황당무계한 야망에 불과했다. 이미 범죄자 취급을 받고 있는 오크라우 전 공작이 원래 지위를 회복할 수 있을 리는 절대로 없을 텐데 말이다.

복수에 눈이 먼 오크라우 전 공작은 그런 단순한 사실조차 깨닫지 못하고 있었다.

"어디 두고 보자……. 소엔! 이번에야말로 네놈을……!"

전 공작은 마족령을 향해 더욱 산길을 나아갔다.

아이러니하게도 공작이 몰락한 뒤에도—— 아니, 몰락했기에 그 과거의 권세에 알랑거리는 세력도 있었다. 특히나 젊으면서도 두각을 드러내고 있는 소엔을 시기하는 자들은 실각한 오크라우의 원한을 이용해서 소엔에게 타격을 주고 싶었다.

그런 협력자들의 도움에 힘입어 도저히 도주한 범죄자로 보이지 않을 만큼 오크라우의 수중에는 거금이 있었다. 묘지 거리라는 꺼림칙한 거리의 호텔에 잠복할 수 있었던 것도 돈이 있었던 덕분이다.

그리고 그 덕분에 네이크스 일족의 암살자에게 의뢰도 할 수 있었던 건데——.

"그래…… 네이크스 이것들도 모두 다 한패들이야! 수로 거리에서 학살을 일으켜 달라고 의뢰했거늘, 독을 찔끔 퍼뜨리고 말다니……! 그리고 아까 날 습격했던 그 여자는 대체 누구야……?! 암살자가 내 입을 막으려고 온 건가? 이 자식들이, 이 뱀들도 모조리 다 죽여 버리고 말겠어……!"

완전히 엉뚱한 원한을 품었지만, 그걸 질책할 사람은 없었다.

오크라우는 더더욱 산길을 나아갔다.

하피 마을을 피해서 나아갔기 때문에 길이 험했다. 까딱 잘못했다가는 낭떠러지로 떨어질지도 몰랐지만 그는 포기하지 않았다.

"아직이야⋯⋯. 아직 나는⋯⋯!"

마족령에는 린트 블룸을 달갑게 여기지 않는 마족도 있다고 들었다.

린트 블룸의 급속한 발전은 그것만으로도 눈엣가시가 되는 경우도 있었다.

소엔과 마찬가지였다. 어떤 이유가 있든 모난 돌이 정 맞는 법이다. 힘을 가진 자에게는 걸리적거리는 존재에 지나지 않는 것이다. 그렇기에 친다.

아니, 쳐야만 했다—— 오크라우는 그렇게 생각했다. 물론 그 망치를 휘두르는 건 자신이었다.

그의 집념에는 경탄을 자아내는 구석이 있었다. 애당초 그가 가지고 있는 건 집념뿐이었지만 말이다. 제대로 된 장비도 없이 비블 산을 넘으려고 하는 것도 무모하기 짝이 없었지만, 그 무모함을 따끔하게 지적할 수 있는 자는 이미 그의 곁에 없었다.

"으."

퍼억, 하고 무언가와 부딪쳤다.

복수에만 여념이 없던 탓에 눈앞에 있는 무언가를 알아차리지 못했다. 때문에 천 덩어리 같은 것과 부딪치고 말았다.

"윽. 뭐야, 대체 어떤 멍청이가 이런 산길 한복판에…… 벽?"

그 천은.

압도적인 질량을 가지고서 전 공작의 눈앞에 우뚝 서 있었다. 동쪽에는 '누리카베'라고 하는, 여행자의 앞길을 가로막는 커다란 벽 요괴에 관한 전승이 있다——. 오크라우는 그것을 떠올렸다. 누리카베의 정체는 세 개의 눈을 가진 하얀 개라고 하는데.

천으로 된 벽은 듣도 보도 못했다.

"뭐야…… 이건."

"어라아아아~? 어머나아아~?"

"히익?!"

땅 밑에서 울려 퍼지는 듯한 낮은 목소리였다.

하지만 그것은 오크라우의 머리 위에서 들려왔다. 오크라우가 머뭇머뭇 위쪽으로 고개를 들어올리고—— 그곳에 있는 걸 보고는 털썩 주저앉았다.

"어머나아아~, 길을 잃은 사람입니까아아~? 별일이네요오오~."

"괴, 괴물……!"

천의 벽으로 보였던 그것은.

키가 사람 열 명 정도는 될 것 같은 거인의 옷이었다. 길을 막고 있던 축 늘어진 천은 마치 천막처럼 보였다.

그 거인의 이름은 디오네 네피림. 이 세상에 단 한 명만 남은 기가스족이었다. 물론 오크라우는 알지도 못했지만.

"우우우우~! 누가 괴물이란 말인데요오오~! 무례한 사람이네요오오~!"

"히이이익!"

하늘에서 손바닥이 내려왔다.

오크라우는 자신을 짓뭉개려고 하는 그 손에 기겁하여 도망가려고 우왕좌왕했다. 그는 어디까지나 정치가에 불과했기에, 이와 같은 거인에게 대항할 수단은 가지고 있지도 않았다.

디오네 입장에서는 자신을 괴물이라 부른 것에 항의하여 땅바닥을 찰싹찰싹 두드릴 의도였지만── 오크라우에게는 하늘에서 쏟아지는 피할 수 없는 공격이었다.

"──따라잡았소이다!"

그것은 오크라우의 귀에 익은 목소리였다.

거신에게 살해당하나 싶어 필사적으로 도망치려고 했던 오크라우였지만, 그 목소리를 듣고는 몸이 굳어 버리고 말았다.

"나 원. 호텔에 숨어 있었을 줄이야. 모리, 네가 처음부터 호텔 숙박객 정보를 건네주었더라면 더 빨리 마무리 지을 수 있었을 텐데 말이다."

"그건 부정하겠다, 쿠나이. 선대의 시절부터 호텔 업무는 이와 같은 방식으로 이루어지고 있었다. 확실한 증거도 없는 상태에서 숙박객 정보를 제공할 수는 없다. 개선할 필요성은 없다고 판단된다."

"고집스런 여자로군……."

산길을 올라오는 자들.

용투녀의 호위인 누더기 여자에 호텔 지배인. 무장한 '귀변병'에 걸린 여자애도 있었다.

"네, 네년은 소엔의 여동생⋯⋯! 어째서 여기에!"

"이거 오랜만에 뵙겠소이다, 오크라우 공작⋯⋯ 아니, 전 공작이었구려. 시우는 지금 린트 블룸의 순찰대로 근무하고 있는 몸. 오크라우 나리를 쫓아왔소이다. 곧 순찰대 본대도 이쪽으로 올 것이오."

자신이 여기 있다는 걸 대체 어떻게 알았단 말인가──.

지금까지 누군가가 따라오고 있다는 낌새는 없었다. 처음부터 오크라우의 위치를 알고 있었다면 좀 더 빨리 붙잡을 수 있었을 것이다. 한동안 산을 올라온 뒤에 오크라우가 여기에 있다는 간신히 걸 알았다는 듯한 모습이었다.

하지만── 이미 정신이 한계에 달한 오크라우에게 거기에까지 생각이 미칠 여유는 없었다.

"전 공작 나리, 죄 많은 분이긴 해도 이 시우는 당신께 은혜를 입었소이다. 원로원에서 경호원으로 일하던 무렵에 시우에게 잘 대해 주셨던 건 지금도 잊을 수 없소. 가만히 있어만 주신다면 거칠게 대하지는 않을 터이니, 부디 얌전히──."

"다, 닥쳐라! 이 더러운 오니 년이! 거두어 준 것도 잊고서 감히 나에게 대들다니! 네년도 네 오빠와 마찬가지로 은혜도 모르는 것이었구나!"

오크라우의 매도.

하지만 시우는 살며시 눈웃음을 짓고 있을 뿐이었다. 오크라우는 그것이 동정 어린 표정임을 깨닫고 더더욱 분노했다. 왜 자기가 동정을 받아야만 하느냐면서 말이다.

"뭐냐 그 표정은……! 나에게 은혜를 입었다고?! 오니 따위에게 은혜를 베푼 기억은 없다, 이 멍청아!"

매도는 계속해서 이어졌다.

자신이 내는 목소리, 그 자체에 격화되어―― 제어할 수 없는 분노가 입에서 넘쳐 나왔다.

"괴물들만 잔뜩 모여 있는 린트 블룸 놈들! 네놈들이야말로 토벌당해야 마땅하거늘! 모조리 다 뒈져라! 어디 두고 보자. 인간령과 마족령 사이에서 다시 전쟁이 발발한다면 린트 블룸처럼 영토 사이에 끼어 있는 도시 따윈 흔적도 없이――."

"반성할 기미가 전혀 없구나, 당신은."

어이가 없다는 듯한 목소리였다.

느긋하게 산길을 올라온 사람은―― 푸른 비늘을 가진 드래곤이었다.

"네년은…… 용투녀……!"

"제대로 된 장비도 없이 비블 산을 넘는 건 무모한 짓이지. 객사하기 싫으면 얌전히 있도록. 수로 거리에 독을 퍼뜨린 그 대죄의 죗값은 치러야 할 테니까."

"말도 안 되는 소리 하지 마라. 내가 무슨 수로 그럴 수 있단 말인가. 독을 다루는 법도 모르거늘. 저지른 건 어느 암살자가 아니냐."

"……이런 마당에 발뺌할 셈인가?"

스카디는 점점 더 어이가 없다는 기색이었다.

오크라우는 이런 상황에서도 아직 그녀들의 추적을 따돌릴 수 있다고 생각했다. 그는 정치가다. 혓바닥만으로 궁지에서 벗어난 적도 한두 번이 아니었다.

"독을 퍼뜨린 범인이 네이크스 일족임은 판명되었어. 하지만 상대는 역전의 암살 집단. 린트 블룸의 순찰대조차 누구 하나 암살자가 침입했다는 것을 알아차리지 못했지. 독은 어느샌가 퍼져 있었어. 마족령에서 암살 집단을 쫓는 것도, 붙잡는 것도, 자백을 받아내는 것도, 여간 힘든 일이 아니지."

그건 그랬다.

예전에 오크라우가 하피의 알을 매매하기 위해 고용했던 자들은 본디 병사 출신이었지만 그래도 이 용투녀에게 붙잡히고 말았다. 지금은 변심하여 린트 블룸에서 일하고 있다는 모양이다. 그것 또한 오크라우가 부아가 치민 이유들 중 하나였지만

──.

그렇기에 그리 간단히 꼬리를 잡히지 않는 라미아 암살자에게 거금을 지불하고 의뢰를 맡겼던 것이다. 이번에야말로 절대로 붙잡히는 일이 없도록 말이다.

"그런데, 당신은 어떻지?"

"뭣이……."

"과연 심문을 견딜 수 있을까? 도저히 그렇게는 안 보이는데."

스카디가 옆에 있는 누더기 여자애를 흘끗 쳐다보았다.

무척이나 튼튼한 육체를 가진 동쪽 나라풍의 의상을 입은 여자애가 여봐란듯이 손마디를 우두둑 꺾었다. 오크라우의 팔뚝쯤은 손쉽게 꺾어 버릴지도 몰랐다.

　"심문을 잘하는 마족은 린트 블룸에 얼마든지 있거든."

　"그, 그래 알았다. 거래다! 거래를 하자!"

　노골적인 위협에 오크라우는 간단히 굴복하고 말았다.

　"거래……?"

　스카디의 눈썹이 언짢다는 듯 치켜 올라갔다.

　오크라우는 그걸 알아차리지 못했다.

　"당신한테도 나쁜 이야기는 아닐 거라고. 약속하겠다. 어, 어떤가. 얘기라도 들어보지 않겠나?"

　"……?"

　"하피다. 린트 블룸에는 하피들이 썩어 넘칠 정도로 있잖은가! 그 조류 인간 놈들의 알을 비싼 값에 매입해 주는 녀석을 가르쳐 주겠다! 용투녀, 내가 아는 연줄이 있다면 그야말로 하피 놈들이 황금 알을 낳아 줄 거라고! 네놈은 짭짤하게 수익을 올릴 수 있고 말이다! 그러니 나랑 거래를 하자. 그 연줄을 가르쳐 줄 테니, 이번 일은 눈감아……."

　"하아……."

　한순간이나마 귀를 기울였던 자기 스스로가 한심하다는 듯이 스카디가 한숨을 내쉬었다.

　"정말로—— 반성한 기색이라곤 눈곱만큼도 없구나, 당신은."

오크라우는 이제야 깨달았다.

산속, 나무들 사이에서—— 날카로운 눈빛이 자신을 쳐다보고 있다는 사실을 말이다. 스카디뿐만 아니라 더 많은 이들의 안광이 오크라우를 쳐다보고 이었다.

어두컴컴한 밤중에 맹금류의 눈이 빛나고 있음을 알 수 있었다. 뭐지. 저런 높은 곳에서 이쪽을 쳐다보고 있는 건 대체 어떤 자들이란 말인가.

"당신이 얼마나 어리석은지 일일이 지적할 생각은 이제 없지만."

스카디가 심드렁하게 말했다.

"부탁이니까 마족을 음식으로 여기는 장사 얘기는 이제 다시는 마족 앞에서 하지 마——. 소엔이 당신보다 몇 배는 더 손익 계산은 잘 했으니까 말이야."

오크라우가 뭐라 맞받아치려던 바로 그때였다.

날갯짓하는 소리와 함께 새가 날아왔다—— 아니, 그게 아니었다. 새가 아니었다. 어두컴컴한 밤중이어도 또렷하게 알 수 있었다. 타오르는 듯한 색의 날개를 가진 하피였다.

——하피라고?

"용투녀님! 찾고 있던 거 이 녀석 맞아?"

"그래, 이리. 고마워. 하피들의 조력 덕분에 쉽게 찾을 수 있었어."

"그렇게나 느릿느릿하게 산을 올라왔으니까 금방 찾았지! 그래서—— 흐음? 이 녀석이라고? 흐으음?"

붉은 날개를 가진 하피가 오크라우를 뚫어져라 쳐다보았다.

새는 밤에 시력이 떨어진다고들 하지만, 사실 밤에도 날 수 있는 조류는 많다── 그것을 드러내듯이 녹색 눈동자가 희미한 달빛을 반사하며 빛나고 있었다.

"이…… 이 계집이 건방지게! 내가 누구인지 아는가. 원로이자 공작 지위에 있는 오크라우──."

"내 알 바 아니거든~! 원로고 공작이고 나발이고 그게 뭐 어쨌다는 건데! 네놈 때문에 나와 내 동료들이, 친구들이 얼마나 끔찍한 꼴을 당했었는데! 알기나 해?!"

"뭐라……!"

날갯짓하는 소리가 울려 퍼졌다.

날개가 춤추었다.

어둠이 깔린 산에서 하피 몇 명이 날아올랐다.

"넌 누가 알을 낳았는지도 관심 없었겠지만…… 난 하마터면 죽을 뻔했거든? 선생님이 아니었으면 정말 어떻게 됐나 몰라!"

오크라우는 새삼 깨달았다.

그녀는── 그녀들은 하피 여자애였다. 과거에 자신이 고용했던 자들에게 유괴당해 린트 블룸에서 알을 낳아야 했던 그 여자애들이었다. 어느 하피건 그 눈에 분노를 머금고 있었다. 그런 여자애들 앞에서, 자신은 대체 무슨 소릴 했단 말인가?

스카디가 자기를 따라잡은 것도 당연했다.

하늘 위에서 하피들이 자신을 추적하고 있었던 것이다. 쫓아오는 자가 없을 거라 생각했던 건 오크라우 혼자만의 생각이었고, 하피들은 언제나 자신들을 포착하고 있었다. 그렇기에 스카디 일행은 손쉽게 자신을 따라잡은 것이다.

"내 이름은 이리. 기억할 필요는 없어. 그보다도 네가 저질렀던 짓을 떠올려 봐."

"뭐, 뭐를⋯⋯."

"첫째! 나와 내 동족들을 붙잡아 린트 블룸에서 알을 낳게 했던 것! 잘도 그런 짓을 저질렀겠다! 어엉?"

오크라우가 알 리 없었다.

이리가 노예상으로부터 구출되어 하피 마을에 살게 된 이후로, 린트 블룸에서 우편배달 일을 하는── 그런 생활을 보내며 간신히 마을 사람들을 '동족'이라 부르게 되었다는 것을 말이다.

"둘째! 수로 거리에 독을 퍼드려 내 친구들과 그 가족들 그리고 린트 블룸을 위험에 빠뜨린 것! ──넌 절대로 용서 못해!"

붉은 날개를 가진 하피가 오크라우를 차 죽일 것만 같은 기세로 말했다.

그 엄청난 노기에 오크라우는 조금씩 뒷걸음질 쳤다. 하지만 그는 잊고 있었다. 자기가 뒤로 물러나는 쪽에 무엇이 있는가를.

"히익⋯⋯."

"으응~? 아무래도오오~."

"히이이익!"

자신의 몸이 공중에 붕 떠오르는가 싶었는데.

그게 아니었다——. 누군가가 자신을 손으로 집어 올렸음을 깨달았을 때는 이미 늦은 뒤였다. 거인의 굵직한 목소리가 오크라우에게 쏟아졌다.

"단순히 길을 잃은 사람이 아니었나 보네요오오~? 이건 대체에……?"

"그 녀석은 하피의 알을 매매했던 흑막이야, 디오네."

"그런가요오~. 그건…… 조금, 대화할 필요가 있으려나요오오오~?"

거인의 머리카락 속에 감추어져 있던 눈이 오크라우를 포착했다.

새빨간 날개를 가진 하피 여자애가 하늘을 날면서 그 한쪽 다리를 들어올렸다. 인간의 피부 따위는 손쉽게 찢어발길 듯한 그 발톱이 달빛을 받아 번쩍거렸다.

"있지, 용투녀님, 이 녀석은 반성할 기미가 안 보이니까, 조금 응징을 가해도 되겠지?"

"그야 당연히 안 되지, 이리. 린트 블룸은 버젓이 조례에 근거하여 치안을 유지하고 있는 도시. 사적 제재는 당치도 않아."

"어……." "진짜로?" "말도 안 돼~."

시끄럽게 떠들어 대는 하피 여자애들이 입을 모아 불만을 토로했다. 오크라우는 안도의 한숨을 내쉬었다—— 하지만, 그것도 한순간에 불과했다.

"하지만, 그래——."

스카디가 다음 말을 이었다.

"용의자에게 다소 상처가 남아 있었다 해도 뭐, 붙잡을 때 날뛰다가 생긴 상처일지도 모르지. 하피들이 협력해 주지 않았다면 놓쳤을지도 모를 일이고…… 순찰대 본대가 오기 전까지는 조금 불투명한 부분이 있어도…… 눈감아 줄게."

"오케이!"

붉은 날개를 가진 하피가 힘차게 대답했다.

"으——엑?"

오크라우의 얼빠진 목소리가 들렸다.

스카디가 그 자그마한 체구를 돌렸다. 그녀의 일행인 듯한 여자들도 나란히 자신으로부터 눈을 돌렸다.

그것이 무엇을 의미하는가.

머릿속으로 이해하기 전에 먼저—— 오크라우는 자신이 해왔던 일에 대한 응징을 받게 되었다.

하피들의 날카로운 발톱으로 말이다.

중년 남성이 내지르는 비명소리가 울려 퍼졌다.

뭐, 이리를 비롯한 하피들도 죽이지는 않겠지, 스카디는 그렇게 생각하며 대충 넘겼다. 마족을 실컷 깔보다가 하피를 자신의 장사 도구로밖에 여기지 않았던 남자다. 생각을 고쳐먹게 만들기 위해서라도 좀 가혹한 벌을 줄 필요가 있었다.

"……쿠나이, 추워."

"로브를 안 입었으니까 그렇죠, 용투녀님. 호텔로 돌아가 쉬시지요. 뒷일은 순찰대에게 맡기고요."

춥다고 말했지만.

스카디의 몸은 추위에 떨지도 않았다. 살짝 벌어진 입에서 한순간 동안 자그마한 불꽃이 뿜어져 나왔다. 이제 곧 겨울에 접어들 비블 산이었지만, 화룡은 몸 안에서 생성하는 불꽃 덕분에 추위를 견딜 수 있다.

물론 죽은 사람인 쿠나이나 기존 생물의 틀에서 벗어난 모리는 아무렇지도 않았다.

"시우는 안 추워? 괜찮아?"

"하하, 그게, 오니가 된 뒤로는 오히려 추위에 강해지고 말았다오. 걱정마시길."

"그런가. 그럼, 이걸로 한 건 해결."

길었구나——. 스카디는 그렇게 생각했다.

도시의 노예상 소동에서 비롯된 사건은 이걸로 끝날 기미가 보였다. 의회 대표로서, 평화를 사랑하는 드래곤으로서 일을 마무리 지은 스카디는 허리에 난 날개를 쭈욱 뻗었다.

"역시 추워."

"호텔로 돌아가면 우리가 홍차라도 내오겠다. 뭐, 지금쯤 호텔 내부가 어떻게 되었는지는 모르겠지만 말이다. 닥터 그렌이 약사 사페를 설득하는 데 성공했으면 좋겠지만, 우리의 계산에 따르면 확률은——."

"그건 괜찮을 거라고 봐."

모리가 자신의 특기인 분석 기술로 확률론을 펼치려는 모습을.

스카디는 냉담하게 차단했다.

스카디는 알고 있었다──. 사람에게든 마족에게든 어울리는 상대가 있는 법이다. 그것이 바로 천생연분이라 불리는 자들이다. 누가 봐도 그렌과 사페는 그런 부류일 테지.

흔히들 말하는 운명의 상대라는 것이다.

"뭐, 운명이든 뭐든 나는 옆에서 휙 낚아챌 뿐이지만."

"……용투녀님? 무슨 얘기를 하시는 겁니까?"

"아무것도 아니야. 그냥 혼잣말했을 뿐."

시치미를 뚝 떼는 스카디였다. 그렌을 노리고 있다는 말을 꺼냈다가는 쿠나이가 또 귀찮게 굴 거리는 걸 알고 있었기 때문이다.

"시우도 신경 쓰여? 오빠가 어떻게 됐는지."

"신경 쓰인다오!"

시우의 말은 직설적이었다.

"엄────청 신경 쓰인다오. 언니가 정말로 내 새언니가 될지! 여러모로 신경 쓰여서 밤에 잠도 제대로 못 잤다오!"

"그렇구나. 호텔로 돌아가면 알 수 있겠지."

스카디는 웃었다.

드래곤은 장수한다. 그동안 살아오면서 수많은 이들의 죽음을 보아 왔다. 그 때문일까, 자신의 마음에 들어 곁에 있는 자들은 모두 죽음을 초월한 자밖에 없었다. 쿠나이도 그렇고, 모리도 그렇다. 삶을 순리대로 마친 자들이 아니었다.

시우처럼 온 힘을 다해 현재를 살아가는 자가 조금은 부러웠다.

그렇기에 스카디 또한 기나긴 삶에 만족하지 않고 현재를 온 힘을 다해 살아가겠다고 다짐했다. 크툴리프와 그렌이 연장시켜 준 목숨이니까 말이다.

　"모리, 호텔로 돌아가면 따뜻한 홍차 좀 타 줘."

　"알았다. 선대로부터 받은 레시피가 있다. 허브도 내 오겠다."

　"……묘지 거리의 허브라, 설마 썩은 건 아니겠죠?"

　"보존 기간이 다소 오래되기는 했지만, 드래곤의 육체라면 문제없이 섭취할 수 있으리라 판단된다."

　"좀 더 신선한 게 좋은데."

　스카디 일행은 그런 대화를 주고받았다.

　산길을 따라 순찰대의 본대가 올라왔다. 스카디는 그들에게 가볍게 손을 흔들어 '뒷일 부탁할게.'라는 동작을 취해 보였다. 순찰대도 그에 응하여 오크라우의 신병을 확보하고자 했다.

　"아, 시우 좀 빌릴게."

　순찰대 대장에게 그 말만 건넸더니, 다 알았다는 듯이 고개를 끄덕여 주었다.

　이 정도 억지는 부려도 될 것이다. 린트 블룸은 스카디의 소유물은 아니었지만, 의회 대표로서 쌓아 온 신뢰가 그대로 스카디의 발언력으로 이어졌다.

　"아."

　그러고 보니—— 중간에 처리하다가 말아서 어중간해진 상태의 안건을 잊고 있었다.

"용투녀님, 왜 그러십니까?"

"으~음…… 해야 하는 일이 떠올랐거든."

"그건, 무엇이온지?"

"뭐, 돌아가면 처리할 거야. 금방 해결할 수 있으니까……. 닥터 그렌이 사페를 잘 설득했다면 이쪽도 더더욱 진행해야겠지. 새로운 조례를 제정하는 거 말이야."

"네, 네에?"

쿠나이는 법이나 정치에 어두웠다. 호위로 고용된 몸이니 당연했지만.

스카디는 벗들을 데리고 산을 내려갔다.

저번에 닥터 그렌은 말했었다. 도시의 결말을 보고 싶지 않느냐고, 그걸 위해 살 마음은 없느냐고——.

자신의 심장이 치료된 뒤로 도시에서는 언제나 스카디조차 생각지도 못했던 일들만 일어났다.

닥터 그렌이 말했던 대로 앞으로 도시가 어떻게 될지, 더더욱 기대가 되는 스카디였다.

　소엔 리트바이트는 한숨을 내쉬며 린트 블룸의 숙소로 돌아왔
다.

　숙소 주인이 ──숙소 주인도 인간이지만── 소엔을 보는
눈빛은 싸늘했다. 린트 블룸에서 독을 퍼뜨린 자가 소엔이라는
소문이 돌고 있었으니 당연했다. 의회에서 요청하지 않았더라
면 이 숙소도 소엔이 숙박하는 걸 거절했을 것이다.

　하지만 그 평가도 내일이면 바뀐다.

　오크라우를 체포할 준비는 모두 완료되었다.

　이제 뒷일은 스카디가 알아서 잘 처리해 줄 것이다. 내일부터
는 악랄한 전 공작을 붙잡은 공로자 중 한 사람이라는 소문이 린
트 블룸에 나돌게 될 것이다.

　"어서 오십시오, 소엔 님."

　방 안에는 두건을 두른 하녀 한 사람이 있었다.

　그녀는 소엔의 상의를 받았다. 소엔은 소파에 몸을 맡기고 커
다랗게 한숨을 내쉬었다. 역시 의회가 마련해 준 숙소답게 소파
도 좋은 물건이었다.

　"일은 어떻게 되었습니까?"

"내일이면 정리돼."

하녀가 차를 내 왔다. 인간령에서 가지고 온 녹차였다.

소엔은 그것을 입에 머금고 하녀를 흘끗 쳐다보았다. 그녀는 소엔의 시선도 알아차리지 못한 기색이었다.

"이제 남은 건 그렌이로군."

하녀의 대답은 없었지만,

"그 녀석은 옛날부터 오기가 없었지. 이쪽에서 여러모로 손을 써 줘야 움직이거든. 아카데미에 들어갈 때도 그랬고. 이쪽에서 거북하게 만들어 줄 수밖에."

"……그 때문에 동생분은 부모님과 사이가 험악해졌다고 들었습니다만."

"글쎄, 과연 어떨지."

소엔은 차를 한 모금 홀짝였다.

자신은 얼마든지 나쁜 놈이 되어도 상관없다. 나중에 오해였음이 풀리면 관계가 회복되는 건 그리 어렵지 않다.

공통된 적이 한 사람 있으면 서로 손을 잡는 건 쉽다. 장남인 자신을 싫어하기에 그만큼 사이가 좋아진 그렌과 시우처럼 말이다.

또는———.

"도시도 마찬가지지. 나에게 돌을 던짐으로써 도시의 결속은 굳건해질 테지."

소엔이 독을 퍼뜨렸다.

그 소문은 널리 퍼졌다. 내일 진범이 붙잡혔다는 사실이 보도 되면 소엔의 명성은 떨어졌던 만큼 다시 올라갈 것이다.

"……또 그렇게 미움받을 짓을 사서 하시네요."

"넌 신경 꺼."

"신경 쓰일 수밖에요. 소엔 님이 그런 식으로 자기 스스로를 몰아세우실 때마다 저는 늘 가슴이 조마조마하거든요."

"그러니까 네가 신경 쓸 일이 아니라고."

쌀쌀맞게 말하는 소엔.

하녀는 아무 말도 하지 않았지만 분명 소엔을 노려보고 있을 것이다. 적어도 하녀가 주인을 쳐다보는 시선이 아니었다.

"문제없다. 그리고 중앙 병원에 보관해 두었던 '귀변병' 소견을 해마(海魔) 여의사로부터 받아왔지."

"……대체 언제 그걸?"

"원로원 영감들이 그걸 보면 다들 졸도하겠지."

"소엔 님, 그런 경망스러운 표현은 좀 자제하심이……."

"알고 있어. 농담이야. 아무 대책도 없이 써 봤자 의미도 없지. 자칫 잘못했다가는 인간 지상주의자들에게 역풍만 맞을 뿐이니까."

해마(海魔) 여의사── 크툴리프로부터 받은 시우의 '귀변병' 소견.

중앙 병원에서도 보기 드문 발병 사례였던 모양인지 ──애당초 린트 블룸에 오거는 있어도 오니는 적은 모양이지만── 흥미로운 사례로 기록되어 있었다.

물론 시우는 병에 걸린 게 아니다.

평범한 인간──아니, 인간령에서는 이미 상당수의 집안에 오니의 피가 섞여 있다. 이 소견은 그 증거였다.

"고명한 의사나 다른 사람에게 논문을 쓰도록 만들거나, 아니면 책을 쓰게 하거나──수단은 아직 정하지 않았다. 그렌에게 논문을 써 달라고 하는 것도 좋을지도 모르겠군. 오니인지 인간인지는 사소한 일이지. '귀변병'은 병이 아니다, 누구든 혼인해도 아무 문제없는 상대다, 인간령 놈들이 생각하는 날이 오게 노력해야겠어."

"……그렇다 해도."

하녀가.

머리에 두르고 있던 천을 벗었다. 그 이마에는 시우와 마찬가지로 뿔이 자라나 있었다.

"저는 소엔 님을 위기에 빠뜨리면서까지 부부가 될 마음은 없어요."

"그러니 신경 쓰지 마. ──그보다 너, 방에 들어오는 거 아무한테도 들키진 않았겠지? 하녀라는 신분을 주기는 했어도 친밀한 관계라는 사실이 알려졌다가는……."

"걱정 마시길. 이곳에서는 뿔이 자란 자가 그리 드물지도 않으니까요."

"그랬었지."

소엔은 한숨을 내쉬었다.

시우는 이 도시에서 잘 지내고 있는 모양이었다. 소엔 또한 눈앞에 있는 '귀변병'에 걸린 여자와 부부가 되어 린트 블룸으로 이주하면 되는 걸까. 그리하면 인간령에서 보냈던 고된 삶을 잊을 수 있을까.

　──소용없는 얘기였다.

　소엔의 장원에는 그 외에도 많은 사람들이 있다. '귀변병'에 걸린 인간뿐만 아니라 인간령에서 몰래 살아온 마족의 아종들도 있었다.

　소엔과 사랑하는 사이인 여성── 사키는 그러한 장원을 관리하고 있는 여걸이기도 했다. 호리호리한 체격이었지만 그 몸에서 뿜어져 나오는 기력은 그야말로 오니다웠다.

　"……도시를 구경하고 오는 게 어때? 오니이긴 하지만 이 도시라면……."

　"안 갈 거예요. 갈 거면 같이 가야죠."

　"같이 갈 수 없으니까 하는 말인데."

　"……그럼, 그게 이루어진 뒤에 갈게요."

　완고한 여자라고 소엔은 생각했다.

　평소 그녀는 공공연히 바깥을 돌아다니지 않는다. 도시를 관광하는 건 당치도 않았다. 인간령에서는 살 수 있는 곳이 적었다.

　하지만── 사랑하고 있다는 사실은 틀림없었다. 그 때문에 일부러 여동생의 소견까지 입수한 것이니까 말이다. 자신의 지위와 재산을 쓰면 분명 이 여자를 손에 넣을 수 있을 것이다.

　소엔은.

　어릴 적부터 자신이 원하는 건 반드시 손에 넣고 마는 성격이었다.

"……소엔 님."

"왜 그러나?"

"종소리가 들려오고 있어요. 종소리가."

"뭣이……?"

소엔은 귀를 기울였다.

확실히 들려왔다. 꽤나 먼 곳에서 자그맣게 들려올 뿐이었지만, 그 소리는 틀림없이 종소리였다. 마치 무언가를 축복하는 것처럼 들려왔다.

"북쪽……이려나요."

"그러고 보니 북쪽에는 묘지 거리가 있었군."

그렇구나—— 하고.

소엔은 알아차렸다. 북쪽에 있는 묘지 거리에서 지금 무슨 일이 일어나고 있는지를. 애초에 그런 일이 일어나게 만든 것 또한 소엔이었지만 말이다.

"피는 못 속이는 법이로군."

"……그건 무슨 말씀이신지요?"

"나도 동생도 오니나 뱀에게 욕정을 품는 변태 취향을 가졌다는 얘기다."

"한 대 맞으실래요, 소엔 님?"

"관둬라. 미래의 남편을 고깃덩이로 만들 셈이냐."

"소엔 님의 그 뒤틀린 성격을 고치는 데 필요하다면야."

"그만. 진짜로 그만해라. 그런 식으로 주먹을 휘두르며 다가

오지 마. 자, 잠깐만 기다려. 내가 잘못했다. 사, 사과하겠다. 응? 사키. 잘못······했으니까······!"

궁지에 몰린 소엔의 목소리와, 얼굴에서 웃음을 잃지 않는 사키.

그 누구에게도 알려져서는 안 될 숙소의 어느 방에서 일어났던 한 사건.

서로에게도, 다른 사람에게도—— 심지어 가족에게조차 보이지 못하는 표정을 지을 수 있는 건, 단 둘이 있을 때뿐이었다.

그날 밤.

숙소의 주인은 소엔의 방에서 무언가를 후려갈기는 듯한 격렬한 소리를 들었지만.

소엔과는 가급적 엮이고 싶지 않았기에 잠자코 모른 척했다.

*

· 수로 거리에서 발생한 독극물 사건의 주모자를 체포!

린트 블룸의 도시 신문에서 낭보를 전한다.

얼마 전에 수로 거리에서 발생한 독극물 사건은 린트 블룸을 떠들썩하게 만들었는데, 그 주모자로 여겨지는 남자가 순찰대의 손에 체포되었다.

주모자는 오크라우 다이튼. 과거 인간령의 원로였던 남자다. 자신이 실각당한 것을 용투녀 탓이라 여기며 원한을 품고 암살자 집단에 독을 퍼뜨리라는 의뢰를 한 것으로 보인다.

의뢰 과정에서의 실수로 사망자가 나올 정도의 독은 퍼지지 않았지만, 대규모 학살 및 소란을 기도했다는 점은 변함없다. 오크라우는 과거에 수로 거리에서 일어났던 노예상 사건의 주모자라는 발표도 있기에 순찰대는 계속해서 여죄를 추궁할 계획이라고 한다.

오크라우를 체포하는 데는 인간령에서 파견된 소엔 리트바이트 씨의 도움이 컸다고 한다.

소엔 씨는 오크라우를 쫓아 아득히 먼 곳에서 린트 블룸을 방문한 인물로, 도착하자마자 즉시 용투녀 및 순찰대와 연계하여 오크라우를 수색했다.

인간령의 원로 보좌로서 활약한 소엔 씨는 옛 상사가 저지른 사건을 사과함과 동시에 사태 수습을 위해 노력하고 있다.

본지의 취재 요청에 응한 소엔 씨는 '과거 원로였던 남자가 마족을 이용하여 비열한 장사를 벌였습니다. 더군다나 그것이 이유가 되어 실각되었음에도 도리어 원한을 품고 다시 린트 블룸을 공격했다는, 있을 수 없는 사태가 일어나고 말았습니다. 이번 일로 피해 본 분들께 깊이 사죄드림과 동시에 앞으로 다시는 이러한 일이 일어나지 않도록 노력하겠습니다.' 라고 말했다.

· 독극물 사건의 실행범은? 용투녀의 공식 발표

주모자는 체포되었지만 실행범은 아직 법망을 빠져나간 상태이다.

이번 사건과 관련해 용투녀 스카디 드라겐펠트는 다음과 같이 말했다.

"실행범은 라미아족으로 구성된 암살 집단이다. 리트바이트 진료소의 약사 사펜티트 네이크스 여사의 말에 따르면 그녀와 같은 일족 출신자일 가능성이 대단히 크다고 한다. 하지만 한편으로 이런 말도 안 되는 의뢰로 사망자가 발생하는 건 네이크스 일족으로서도 피하고 싶은 일이었을 터, 두 번 다시 이런 일은 일어나지 않을 것이라는 견해를 받았다. 나 또한 전면적으로 이에 동의하는 바이다."

라는 충격적인 발언이 있었다.

그리고 이어서.

"내가 정식으로 네이크스족의 수장에게 항의하겠다. 그리고 이번 일과 같은 사건이 다시는 일어나지 않도록 엄중한 항의와 교섭을 진행하겠다. 우리가 분노해야 하는 상대는 의뢰자인 오크라우와 네이크스족의 실행범이다. 수많은 라미아는 이번 사태와 무관하며 일족의 출신인 사펜티트 여사 또한 환자를 치료하는 데 온 힘을 다하고 있다. 부디 아무 근거 없는 소문을 퍼뜨리지 말았으면 하는 바이다."

이상이 용투녀의 공식 성명이다.

하지만 실행범을 이대로 두어도 과연 괜찮을 것인가? 두 번 다시 같은 일이 일어나지 않으리라는 보장은 없다. 치료에 임하고 있는 사펜티트 여사가 암살자와 동향이라는 점에 불안 요소는 없는가.

본지 기자는 수로 거리의 불안한 실태를 파악하고자, 중앙 광장의 가희 루라라 하이네 양의 의견을 들었다. 루라라 양으로부터는,

"어? 불안이요? 전혀 없어요! 사페 언니가 괜찮다고 말했고, 그렌 선생님도 매일 수로 거리를 돌아봐 주시거든요. 우리 가족도 그 덕분에 건강해졌고요. 사건을 일으킨 사람은 절대로 용서할 수 없고, 바다 속 깊은 곳에다 가라앉혀 버리고 싶지만…… 사페 언니가 훌륭한 약사라는 건 다들 알고 있는 사실이잖아요?"

라는 쾌활한 답변을 받았다.

진료소의 견실한 노력이 수로 거리의 불안을 해소하는 데 공헌하고 있음은 틀림없는 사실인 듯했다.

· 소엔 씨는 진료소 의사인 그렌 씨의 친형?! 그 충격적인 관계!

그리고 본지에서 독자적으로 소엔 리트바이트 씨의 취재를 진행했는데, 놀랍게도 그는 리트바이트 진료소에서 일하는 닥터 그렌의 친형이라는 사실이 밝혀졌다. 분명 성씨는 같지만…… 취재한 기자도 놀라움을 감추지 못했던 사실이었다.

그리고 순찰대의 화류 거리 방면 부대에 소속된 시우 리트바이트 양도 포함해 이들은 삼남매라는 사실이 밝혀졌다. 그녀 또한 순찰대로서 오크라우 체포에 공헌했다고 알려졌으며, 이번 사건에서는 리트바이트 세 남매가 숨은 공로자로서 활약했다고 한다.

소엔 씨는 인간령으로 돌아가 이번 사건과 관련해 어떤 대응을 취할지 각 원로들과 협의해 나가겠다고 한다.

독극물 사건이 린트 블룸에 남긴 상처는 아직 사라지지 않았지만, 리트바이트 남매처럼 도시를 위해 공헌하는 자들이 있는 한 사태가 종식되는 날은 그리 머지않았다고 본 기자는 믿어 의심치 않는다.

이쪽 심정은 하나도 모르면서 자기들 멋대로 갈기고 있었다.

그렌은 도시 신문을 접어 백의 주머니에 넣었다. 중앙 의회가 발행한 공보와는 다르게 도시 신문은 민간 기자가 썼다. 있는 일 없는 일 기사로 나가는 건 늘 있는 일이었지만──.

자신과 연관된 사항을 중점적으로 다루고 있으니 그렌은 역시나 마음이 편치 않았다.

하지만 독극물 사건을 계기로 사페가 진료소를 떠났던 일. 소엔이 린트 블룸을 방문했던 일. 그러한 점들을 다 같이 고려해 보면 주민들이 이해하기 쉽도록 설명해 주는 도시 신문도 하나의 소식통으로서 고맙다는── 그런 생각이 들기도 했다.

"루라라 씨, 정말 죄송해요. 이번에 제가 정말로 큰 폐를──."

"아, 아니야. 정말 괜찮아! 사페 언니가 잘못한 일이 아니라는 건 다들 알고 있거든! 나도 다른 사람들에게 그 점을 확실하게 얘기했으니까 말이야!"

"네……."

"그것보다 중요한 건 약이야! 사페 언니, 약을 공짜로 나눠 주니까 그게 훨씬 더 고마운 일이라고!"

사페가 고개를 숙이자 루라라는 황송해했다.

그렌은 읽고 있던 도시 신문을 일단 놓고 자신 또한 루라라에게 고개를 숙였다.

"이번 사건은 나하고는 관계없는 일이라고는 해도, 사페가 태어난 마을에서 실행범이 나온 점에 대해…… 나 또한 사과할게. 미안해, 루라라."

"아, 진짜! 선생님까지 그러면 어쩌자는 거야! 언니가 한 일도 아니잖아?! 괜찮대도!"

루라라는 이제 그만 좀 해라는 듯이 수면을 철썩철썩 때렸다.

사페와 루라라는 서로 친한 사이인데다 루라라의 가족은 이번 독극물 사건의 직접적인 피해자가 되고 말았다.

"범인도 잡았으니까 이제 괜찮아! 이리가 응징했다던데."

"그, 그랬구나……."

──오크라우가 구속됨에 따라 수로 거리에서 일어났던 독극물 사건은 일단 수습되는 중이었다.

하지만 사페로서는 그럴 수 없었다. 그녀가 하수인이 아니었다 하더라도 그녀와 같은 일족이 독을 퍼뜨렸다는 건 엄연한 사실이었다.

사페는 리트바이트 진료소로 돌아옴과 동시에── 스카디에게 모든 걸 숨김없이 공개해 달라고 스카디에게 청원했다.

『진료소를 위해서라도 계속 숨겨도 상관은 없는데?』

스카디는 그렇게 말했다. 하지만──.

『전 약사로서 살아가기로 결심했어요.』

사페는 스카디에게 그렇게 선언했다.

『약사로서 수로 거리에 사는 분들을 치료하는 데 온 힘을 다하고 싶어요. 그러니 부디── 있는 그대로의 사실을 모든 분들께 얘기해 주세요.』

사페의 결심을 헤아려 주었는지.

스카디는 의회 대표로서 수로 거리에서 일어났던 독극물 사건의 전말을 모두 얘기했다. 그와 동시에 사페 본인은 이번 일과 관계가 없다는 것도 말이다.

"근데 공짜로 받아도 돼? 정말로?"

"그래, 지금은 의회와 중앙 병원에서도 지원을 받았거든. 필요한 약은 무상 제공하기로 했어. 루라라가 저번에 낸 비용도 다음에 환불하기로 했고. 환불은 좀 더 시간이 걸릴 것 같지만 반드시 돌려 줄 테니 앞으로의 치료비도 걱정하지 않아도 돼."

사건 피해자에 관해서는 피해 규모가 크다는 점을 감안하여 치료 원조 자금을 지원받았다. 이쯤 되면 일종의 재해 취급이었다. 수로 거리의 주민들은 빈부 격차가 크기 때문에 이걸로 도움이 된 환자들은 많을 것이다.

하지만 이 피해자 지원 또한 리트바이트 진료소 주도로 이루어지고 있었다. 진료와 약 처방도 모두 진료소에서 할 일이었다. 하지만 진료소만으로는 약을 무료로 마련할 재력이 없었기에, 의회와 중앙 병원——스카디와 크툴리프로부터 자금을 어느 정도 빌리는 형태가 되고 말았다.

다시 말해.

그렌과 사페는 둘이서 거액의 빚을 지게 되었다는 뜻이다. 이건 수로 거리에서 일어났던 사건에 대해 리트바이트 진료소가 지기로 한 책임이기도 했다.

둘이서 살기로 결정했기에 사페의 문제는 곧 그렌의 문제이기도 했으며, 진료소의 문제이기도 했다.

(……뭐, 한동안 독립은 못하겠군.)

필요한 조치였다고는 해도 돈을 빌린 자신이 병원 원장이 되는 것도 도리에 어긋났다. 물론 크툴리프 산하의 진료소라는 형태도 한동안은 그대로일 것이다. 크툴리프와의 사제 관계는 당분간 변함없을 것 같았다.

"알았어. 고마워. 분명 다들 기뻐할 거야."

"네, 루라라 씨도 별 탈은 없으신가요? 몸은 괜찮고요? 아직 독이 어딘가에 영향을 주고 있을지도 모를 일이고…….”

"그, 그게, 난 괜찮……긴 한데.”

루라라의 얼굴이 새빨개졌다.

나란히 서 있는 그렌과 사페를 당황한 기색으로 번갈아 쳐다보았다. 그 눈빛이 무엇을 의미는지 모를 만큼 그렌은 둔감하지 않았다.

하물며 루라라로부터는 아무하고도 결혼할 마음이 없으면 앞으로 2년만 더 기다려 달라── 그런 말까지 들었다. 그녀가 그렌을 사모하는 마음은 이제 결판이 나고 말았다.

"두 사람은 결혼……하는 거야?"

"미안해요, 루라라 씨. 저번에 제가 그렌 선생님으로부터 정식으로 프러포즈를 받았거든요. 언제쯤 결혼할지 모르겠지만…… 언젠가 부부가 될 거란 사실은 틀림없어요."

사페가 눈을 내리깔고서 말했다.

결혼하자, 그렌은 분명히 그렇게 말했다. 하지만 그 이후에 독극물 사건을 해결하기 위해 진료소는 거액의 빚을 지고 말았다. 스카디와 크툴리프는 양심적으로 변제할 수 있는 금액과 이자를 제시해 주었지만, 그래도 빚을 변제하기까지는 앞으로 몇 년이라는 세월이 걸릴 것이다.

진료소 운영이 안정되기 전까지 그렌은 사페와 정식으로 부부가 되는 걸 연기하기로 했다.

사페가 독극물 사건을 무상으로 치료하겠다는 방식으로 책임지기로 했다면, 그렌은 진료소 간판을 남부끄럽지 않게 만들 때까지 결혼하지 않겠다는 방식으로 책임지기로 한 것이다.

"정말 죄송해요 루라라 씨. 당신도 그렌 선생님을 마음에 두고 계셨을 텐데."

"어?——아, 응. 그래도 난 아직 결혼할 수 없기도 하고——. 그렇지만, 그, 괜찮아?"

"네, 앞으로 무슨 일이 있든 저와 그렌 선생님은 분명 그 난관을 극복할 수 있을 거예요."

"아니! 내 말은 그게 아니라! 도시 신문 아직 안 읽어 봤어?!"

"네?"

당황한 기색의 루라라에게 사페가 곤혹스럽다는 듯이 대답했다.

그렌도 사페도 그녀가 무슨 말을 하고 싶은 건지 알 수 없었다. 어안이 벙벙한 와중에 루라라가 물속으로 뛰어들었다.

그러는가 싶더니, 곧바로 물 밖으로 고개를 내밀었다. 수로 속에서 무언가를 가지고 온 모양이었다.

"아, 진짜! 이거 좀 봐! 이거!"

그녀가 손에 쥐고 있는 건.

투명한 유리판 두 장 사이에 끼어 있는 도시 신문── 수중 회람용으로 제작된 방수 사양의 도시 신문이었다.

"그거라면 아까 봤는데요? 주로 독극물 사건에 관한 일이."

"그게 아니라니깐. 이쪽. 구석진 곳에 나와 있잖아!"

루라라가 손가락으로 가리킨 표제.

린트 블룸에서 새롭게 포고된 조례에 관한 내용이 자그맣게 기재되어 있었다. 사페는 그 길쭉한 몸을 뻗어 도시 신문에 적힌 글을 읽어 나갔다.

"조례 개정……? 이전부터 일부 곤충계 마족과 수인 마족으로부터 지적을 받았듯, 린트 블룸에서는 일부일처제만이 허용된다는 점이 문제시되어 왔다. 용투녀는 이를 받아들여 중앙 의회에서 일부다처제 및 일처다부제 도입을 제안했고, 얼마 전에 의회에서 찬성 다수로 통과되었다──?"

"어?──어? 잠깐만, 사페."

"이에 따라 린트 블룸에서도 충혼이 허락된다────?!"

사페가 고함을 질렀다.

수로 거리를 찾은 관광객들이 무슨 일인가 싶어 사페를 쳐다보았다. 하지만 경악한 사페는 이를 알아차리지 못하고 최대급의 경계 소리를 내며 꼬리를 달달달 흔들었다.

"뭐어어어?! 이, 이런…… 어찌 이런 일이!"

"그러니까……."

루라라는 유리판을 한 손에 쥐고서 쑥스럽다는 듯이.

"이건…… 나에게도 아직 기회가 있다는…… 거 맞지?"

"그런고로, 저에게도 당연히 결혼할 권리가 있다는 것이죠옷
————!"

리트바이트 진료소에서 일을 하고 있는데.

드높은 웃음소리와 함께 티사리아 스큐티아가 찾아왔다. 그
손에는 혼인 신고서를 쥐고 있었다. 이미 그렌과 티사리아, 양
쪽의 이름이 적혀 있는 것이었다.

그렌이 여기에 날인하면 곧바로 의회에서 수리될 테지.

"예전부터 린트 블룸에서 다른 종족 간의 혼인이 문제시되어
왔어요. 특히나 문화적으로 중혼 관습을 가진 마족 입장에서는
일처일부제로서는 아무래도 문제가 있으니까요……. 이번 제
도 개혁은 정말로 바람직한 일이에요! 그렇지 않나요, 사페?"

"티사리아…… 당신……."

"이제 와서 이 혼인 신고서는 무효다, 같은 소리는 하지 않으
시겠죠? 당신이! 저에게! 맡긴 거니까 말이죠!"

"네…… 그렇네요. 그렇고말고요……."

티사리아는 당당한 모습이었다. 그에 반해 사페는 자신이 저
지른 일의 중대함을 깨닫고 얼굴을 양손으로 덮고 있었다.

"사페는 저나 아라냐에게 의사 선생님을 부탁한다고 말했었
죠."

"네, 그랬었죠……. 진료소를 나가기 전에 틀림없이. 편지로

도 써서 남겼고요……. 하지만."

"그건 다시 말해 결혼해도 된다는 거라 받아들여도 거겠죠?"

"그때는 분명, 당신에게 맡겨도 되겠다 싶었지만————!"

어째서 일이 이렇게 된 걸까. 사페는 한탄했다.

티사리아는 만면에 웃음을 머금고 있었다. 그녀는 딱히 이상한 얘길 할 생각도 없이, 그저 단순히 사실을 말하고 있을 뿐이었다. ──자신 또한 그렌과 결혼할 수 있다고.

"저기, 티사리아 씨, 잠깐만요. 저는 아직 사페를."

"의사 선생님, 이제 린트 블룸에서는 이미 좋아하는 사람이 있다, 이미 결혼 약속을 했다. 그러한 말로 사랑을 방해할 수 없게 되었어요. 제 마음을 이해해 주신다면 그 점을 유념하고서 말씀해 주셨으면 싶은데요."

"으……."

그렇다.

제도가 바뀌어 버린 이상 이제는 아내를 여럿 둘 수 있다. 그건 다시 말해, 그렌이 티사리아와 결혼하지 못할 이유가 사라졌다는 뜻이 된다.

평생을 사랑할 사람은 오직 한 사람뿐── 그것은 일부일처제 문화를 가진 인간과 마족에게만 통용되는 윤리였다.

바다표범 가죽을 뒤집어 쓴 셀키들에게는 일부다처제 형태의 하렘을 가진 문화가 있다. 반대로 개미나 벌의 특징을 가진 곤충형 마족들은 일족의 수장을 정점으로 삼은 일처다부제 형태의 사회를 이루고 있었다. 그들 입장에서는 평생 동안 아내나

남편을 딱 한 사람밖에 가지지 못하는 게 더 기이하게 보일 테지.

"으으으~~~~~~!"

그리고 그 가치관의 변모는 사페에게도 속절없이 직격했다.

좋아하는 사람을 독점하고 싶다, 내 것으로 삼고 싶다—— 일부일처제에서는 당연했던 감정이 더 이상 린트 블룸에서는 통용되지 않는 것이다.

"참고로 아라냐도 나중에 올 거예요. 그녀는 정 뭣하면 자신이 세 번째 부인이라도 전혀 상관없다고 말하더군요."

"……티사리아, 당신, 알고 있었죠? 당신의 아버지이신 에프탈 님은 의회의 유력자. 새로운 제도에 관해 이미 알고 있어도 이상할 게 없어요."

"그러한 얘기도 어느, 정도는 들었어요. 하지만 아직 심의 중이었다고 하고…… 게다가 사페? 저희에게 혼인 신고서를 건네고 어느 한쪽이 그렌 선생님과 결혼해 달라고 편지를 남겼던 건 틀림없이 당신이었잖아요. 저는 잠자코 있었고요. 그렇죠?"

"윽…… 크윽……."

티사리아의 당당한 눈빛에.

사페는 주춤했다. 티사리아의 말에서 긍지가 느껴졌다.

비겁한 수단은 취하지 않았다. 잘못이라 여겨질 짓은 저지르지 않았다. 그런 고결한 자부심이 느껴졌다.

"독극물 사건 때문에 당신은 혼란한 상태였었어요. 제가 그럴 마음만 있었다면 그때 당신을 감언이설로 꼬드겼을 거예요. 하지만 저는 말이죠, 사페. 당신 또한 도와주고 싶었기에 의사 선생님과 밀회를 나눈다는 책략을 받아들이기로 했던 거예요. 중혼 제도가 도입된다는 사실을 알고 있었다 하더라도, 그걸 빌미삼아 당신을 속이지는 않았죠——. 그게 사랑을 다투는 공평한 방법이라고 믿었으니까 말이에요."

사페는 입술을 깨물었다.

지금과 같은 상황 중 상당수는 사페 자신이 인정한 것이기도 했다. 그녀는 분명 그렌에게 티사리아나 아라냐와 혼인해도 좋다고 말했었다.

티사리아의 말대로 사랑을 다투는 공평한 방법을 진행한 결과—— 대세가 티사리아 쪽으로 기울었다, 는 얘기일 테지.

그리고 그렌 또한.

(결혼을 거절하려면 '당신을 좋아하지 않습니다.' 라고 말할 수밖에 없, 지만——. 그래도.)

그건 스스로의 마음에 솔직하지 않다는 느낌이 들었다.

그렌은 이미 티사리아와 아라냐에게 호감을 가지고 있었다. 둘 다 매력적인 여성이었으며, 그렇기에 한때는 혼인 신고서에 이름마저 적었던 것이다. 뭐, 당시에는 사페가 진료소를 나갔다는 점도 있었지만 말이다. 어쨌거나 중혼으로 모두가 행복해질 수만 있다면 그것도 바람직한 선택지가 아닐까—— 그런 생각마저 들었다.

그렌은 자기 자신이 이렇게나 변덕스러운 사람이었다는 사실에 깜짝 놀랐지만.

지금 자신의 마음에 솔직하게 따르는 것이 올바를 테지——.
그것이 티사리아가 말한 사랑을 다투는 공평한 방법일 것이다.

"——하아, 알았어요."

사페가 한숨을 내쉬었다.

"좋아요. 중혼 제도가 있다는 건 사실이니까요. 이 이상 투덜
거려도 소용없겠죠. 약혼쯤이야 인정해 줄게요."

"좋았어! 의사 선생님, 예식은 어떻게 치를까요?"

"잠깐만요. 아직 저도 결혼하는 건 먼 훗날인데요? 제가 정실
이 될 것이니 저보다 먼저 결혼하는 건 용납 못해요."

"어머나. 아내의 자리가 하나라는 제한이 없어지니까 이번에
는 첫 번째 부인의 자리를 고집하겠다는 건가요? 사페는 참 욕
심도 많네요."

"그것만큼은 절대로! 누구에게도! 양보 못해요!"

아무래도 싸움이 끊이지 않을 것 같았다.

역시 그렌의 의사는 철저하게 무시된 채 대화가 이루어지고
있었다. 하지만 여기서 가만히 있을 수는 없는 노릇이라고 생각
했던 그렌은.

"저기……."

한도 끝도 없이 언쟁을 거듭할 것 같은 두 사람에게 말을 걸었
다.

"지금, 진료소는 빚을 지고 있거든요. 이건 진료소의 힘만으
로 어떻게든 변제할 생각이고요. 일단 그걸 달성하기 전까지 결

혼을 연기하는 게 좋지 않을까—— 싶은데요."

"어머나, 그러고 보니 아버지가 그런 얘기도 하셨었네요……. 하지만 그런 건 제 재력으로 얼마든지 해결할 수 있답니다?"

"죄송해요. 이건 제 고집이라서요. 티사리아 씨에게 기댈 생각은 없어요."

"어, 어머나, 그래요? ——그렇지만, 제가 도와드릴 일이 있다면 언제든 말씀만 해 주세요."

이해심이 넓은 티사리아는 그렇게 말하며 가슴에 손을 올리고 미소 지었다.

그녀들과 정식적으로 혼인하는 건 훗날이 될 것이다. 하지만 약혼자가 되었다는 사실은 틀림없었다. 둘 다 아내로 맞이해야 한다면 하다못해 평등하게, 최대한 소중하게 대해 주자고 생각하는 그렌이었다.

결혼할 때까지 몇 년 동안은 그런 각오를 다질 시간이 이어질지도 모른다.

"——참고로 말하자면, 프러포즈를 받은 사람은 저밖에 없거든요?"

사페가 언짢은 기색으로 말했다.

웃음을 머금고 있던 티사리아의 얼굴이 그 말에 딱 굳어졌다.

"뭐——뭔가요 그거, 부럽잖아요!"

"당연하죠. 제가 정실이니까 말이에요. 그렌 선생님은 데드리치 호텔에서 사페밖에 없다고 말씀하셨거든요……!"

"크윽……. 그, 그렇다면 의사 선생님, 저에게도 사랑의 말을 속삭여 주세요! 제 귀에 대고, 티사리아, 사랑해! 라고 말해 주세요! 앗, 제가 키가 크니까…… 제 등에 올라타셔도 상관없어요! 알겠죠?"

"후후후, 필사적이시네요. 애인분은."

"하다못해! 두 번째 부인이라고! 말씀해 주세요!"

와글와글 떠들썩했다.

하지만 그건 그렌에게 익숙한 광경이었다. 사페가 돌아왔음을 새삼 실감한 듯한 기분이 들었다.

두 사람 모두 속으로는 서로에게 품은 확고한 우정이 있기에, 언뜻 보면 말다툼을 벌이고 있는 것 같은 대화도 그렌은 마음 놓고 들을 수 있었다.

"후후, 선생님 ♪"

"우왓."

그렇게 흐뭇한 기색으로 두 사람의 모습을 보고 있는데.

갑자기 등 뒤에서 네 개의 팔이 그렌의 몸을 껴안았다. 귀에 숨결이 닿을 만큼의 가까운 거리였다.

"아, 아라냐 씨."

"실례하겠어요. 어머나아~. 여자 둘이서 말다툼을 벌이고 있으니까 참 꼴불견이죠? 선생님, 이쪽에서 느긋하게 차라도 한 잔……."

"앗, 새치기는 금지!" "예요!"

"어머나, 한창 말다툼을 벌이고 있었으면서 또 이럴 때는 서로 호흡이 딱 맞네요."

아라냐는 사페와 티사리아가 언짢은 기색으로 자신을 쳐다보든 말든 뒤에서 그렌을 계속 끌어안았다. 오히려 놓을 생각이 없다는 듯 네 팔에 힘이 실렸다.

"선생님, 소녀도 아내로 맞이해 주시는 거겠죠?"

"어, 그게……."

"괜찮답니다. 사페와 티사리아를 우선시해도요. 소녀는 선생님 편하신 대로 원하실 때 마음껏 상대해 주세요. 후후후, 선생님에게 당하는 것도, 그건 그거대로 기쁘니까 말이에요……. 그쵸?"

"으."

스스로 애인의 위치에 자신을 두는 아라냐.

아라냐는 알고 있는 것이다── 이미 중혼이 제도적으로 허용된 린트 블룸에서 그런 식으로 말하면 그렌으로서는 거절할 도리가 없다는 것을 말이다.

"이봐요, 아라냐. 결혼 신청을 할 거면 순서를 지키세요."

"그럼요! 일단 그렌 선생님과 보내는 시간에 대해 협정을 맺어야 해요!"

"그러니까 그건 나중에 정해도 되지 않겠어요? 그보다 먼저 해야 할 일이 있는 것 같아서 제가 직접 여기까지 온 거니까 말이에요. 자, 이거 받으세요."

"어."

아라냐가 무언가를 건네는가── 싶더니.

그건 편지 다발이었다. 보낸 사람은 제각각이었다. 농장주 아루루나, 묘지 거리 지배인 모리, 산 정상의 거인 디오네, 심지어 켄타우로스 종자 케이와 로나가 보낸 것도 있었다.

다들 린트 블룸에 있는 그렌의 지인이었으며 최소한 한 번은 그렌으로부터 진찰을 받은 적 있는 여성들이었다.

"어, 저기, 이건?"

"결혼 신청서랍니다? 진료소에 갈 거면 대신 전달 좀 해 달라고 이리에게 부탁받았거든요."

그것은 편지 배달부로서 태만한 태도가 아닐까 싶었지만——아니, 그건 그렇고.

"후후후, 중혼 제도 덕분에 결혼 허들이 내려갔으니까 말이죠? 아루루나 님도 온 도시의 남자들에게 백 명 단위로 연애편지를 보내고 있다네요? 아아, 매력적인 소녀의 서방님, 앞으로 참 큰일이겠어요."

아라냐는 그렌을 껴안은 채 이 소동을 즐기고 있었다.

"검열! 검열할게요!"

사페가 꼬리로 편지를 낚아챘다.

"디오네 씨는 그냥 안부 인사를 보낸 거잖아요…… 어휴! 모리 씨! 꼼꼼하게 혼인 신고서까지 넣어 놨잖아요!"

"어째서 케이와 로나가 선생님께 사랑의 시를 보낸 건가요! 주인의 남편을 가로채려 하다니, 용서 못해요! 그 두 사람, 분명 장난치고 있는 거예요————!"

"아, 메메 씨가 보낸 편지도 있네요. 혹시 약혼반지 제작할 일

있으면 공방에다 의뢰해 달라……? 뭐, 투철한 상인 정신이네요."

떠들썩했다.

하지만 이게 분명 그렌이 바라는 진료소의 풍경일 것이다.

사페가 없었을 때의 그 정적을 떠올려 보면 오히려 이 떠들썩함은 마음이 흐뭇해질 정도였다. ──그렌은 분명 이런 분위기의 진료소를 지키고 싶은 것이다.

사페가 곁에 있어 준다면 분명 자신 또한 의사로서 잘해 나갈 수 있을 것이다.

"일단은 이 편지를 처리하는 게 급선무겠네요! 아내가 너무 많이 늘어나면 제 마음고생이……. 그렌 선생님! 아무한테나 마구잡이로 말 거는 거 금지예요!"

"애초에 그런 짓은 하지도 않았어……. 자, 이제 오후 진료 시작해야지."

이미 대합실에는 많은 환자들이 기다리고 있었다.

휴식 시간을 노리고 찾아온 티사리아와 아라냐 또한 그 점은 잘 헤아려 줄 것이다. 티사리아는 편지를 받았고, 아라냐는 그렌에게서 물러났다. 그녀들 또한 각자 해야 할 일이 있었고 결혼을 하더라도 그것은 변함없을 것이다.

"결혼하더라도 난 의사니까 말이지."

"알고 있어요. ──저도 약사로서 언제나 곁에서 도와드릴게요, 선생님."

사페가 미소 지었다.

그 웃는 얼굴은 그렌에게 있어 무엇보다도 소중한 것이었다
──. 그렇기에 소엔의 말에 정신을 차리고 그녀를 되찾으러
갔던 것이었다.

이런 당연한 것을.

어째서 지금까지 알아차리지 못했던 걸까──. 자신의 내부
에 있는 그 둔감함에는 쓴웃음밖에 나오지 않는 그렌이었다.

린트 블룸 중앙 병원.

크툴리프의 원장실에서.

"중앙 병원으로부터 받은 원조는?"

"금화 300냥이야. 의회는?"

"같은 금액이야. 물론 공공복지 차원에서 원조한 거니까 이자
는 없고, 변제 기간도 없어. 의회에서 대신 맡겠다고 했지만."

"거절했지? 나 원. 그렌도 사페도 고집이 센 애들이니까 말이
야."

여덟 개의 촉수를 다루며 집무를 보는 병원장 크툴리프.

그리고 소파에 앉아 허브티를 홀짝이고 있는 사람은 그녀의
친구이자 의회 대표── 스카디 드라겐펠트였다. 호위인 쿠나
이 또한 곁에서 대기하고 있었다.

그리고── 또 한 사람.

"내가 한꺼번에 돈을 빌려줄 수 있는데?"

"어차피 그렌은 거절하겠지. 자신들이 진 책임이라고 하던
걸."

"이거야 원, 젊은이들은 좀 더 융통성이 있으면 싶은데……. 자존심이니 허세니 뭐니 해서 곧잘 고집을 피운단 말이지. 나 좀 본받았으면 싶은데 말이다."

"아루루나는 좀 더 자긍심을 가져야 해."

"멍청한 것! 자긍심으로 어떻게 남자를 따먹겠나!"

장식 꽃을 띄운 허브티를 마시면서 ──덩굴을 컵에 넣어 빨아들이고 있는── 농장주 아루루나가 그렇게 선언했다.

교배에 관해서는 자긍심 같은 건 내팽개쳐 버리는 의회 넘버2의 모습에 스카디는 이마에 난 뿔의 뿌리 부분을 눌렀다.

"나 원, 예상이 빗나갔어."

서류를 검토하고 있는 크툴리프는 냉정한 태도였다.

"애당초 원장 자리도 그렌에게 물려주고 싶었는데. 이쪽에서 자금면으로 원조하고 있는 상태에서는 원장 자리도 물려줄 수 없잖아."

"그런 것치고는 기뻐 보이는데? 크툴리프. 제자가 아직 자신의 밑에 있는 게 기뻐? 그거 과보호야."

"그렇진 않아. 원장 자리 같은 건 집어치우고 깊은 바다 속에서 느긋하게 연구나 하고 싶거든."

후우, 하고 크툴리프는 머리가 아프다는 듯 한숨을 내쉬었다. 그녀 나름대로 멋쩍음을 감추려는 모습이라 보고 스카디는 흐뭇하게 미소 지었다.

"그렌은 정말 진료소를 좋아하나 봐. 사페와 한 지붕 밑에서 사니까 그런 걸까?"

"각자에게는 저마다 천명이 있어. 자기와 맞는 장소에 있을 뿐이지. 닥터 그렌의 천명이 그곳이라서 그런 게 아닐까?"

"그건 그러니까 나더러 더 많이 일해라, 원장 자리가 어울린다는 얘기니? 스카디."

"그런 뜻으로 한 말은 아니지만."

스카디는 쓴웃음을 지었다.

말로는 때려치우고 싶다면서도 촉수는 쉴 틈 없이 서류에 펜을 놀렸다. 크튈리프에게는 크튈리프의 천명이 있다. 한동안은 그 천명이 그녀에게 은둔을 허락할 것 같지가 않았다.

"맞는 말이니라. 그대들은 일하고 또 일해야지. 일하면 도시가 윤택해지고 주민도 늘어나지. 주민이 늘어나면 혼혈아들도 알아서 늘어날 테고. 그리하면 이 도시는 더더욱 풍성해지느니라──. 남자도 더욱 수월하게 헌팅할 수 있을 테고 말이다."

"아루루나, 넌 좀 더 일해야 해."

"크흐흐흐♡"

스카디가 내뱉듯이 말했지만, 아루루나는 무시했다.

마치 거센 바람을 받아넘기는 나무처럼 유유한 태도였다.

"일하고 있고말고. 가결된 새 중혼 제도를 정착시키고자 일단 신랑 후보로 젊은 남자 백 명에게 연애편지를 보냈으니까 말이다. 자아, 그럼 대체 몇 명이나 응답해 주려나."

"잠깐, 아루루나! 그거 그렌에게도 보냈지?! 그런 무차별적인 음란 행동은 그만둬!"

"소년을 좋아하는 게 뭐가 나쁘다는 게냐. 진료소의 젊은 주인 또한 신부는 자기가 결정했잖나. 잔소리 심한 스승은 미움만 받을 게다."

"이 발정난 색정녀가 잘도 그런 소리를……!"

"거기까지. 한창 차를 즐기고 있는데 싸우면 안 돼."

스카디가 일갈했다.

촉수와 덩굴이 서로 얽히고설키며 지금 당장에라도 싸움이 벌어질 것 같은 분위기였지만, 그런 걸 벌이기에는 이 원장실은 너무나도 비좁았다. 화룡의 그 한마디에 아루루나도 크툴리프도 한숨을 내쉬고는 서로 째려보기만 할 뿐이었다.

"우리 의회 대표님은 그 인기 많은 젊은 주인에게 손을 댈 생각은 없는고?"

아루루나가 물었다. 옆에 있는 쿠나이는 아무 말 없었지만── 그 표정은 굳었다.

스카디의 연심은 이미 간파당한 상태였다. 뭐, 스카디 입장에서는 그렌도 무수히 많은 인간의 아이들 중에서 살짝 신경 쓰이는 남자── 정도의 인식에 불과했지만 말이다. 평생 부부로서 함께하기를 바라지는 않았다.

하지만.

친한 사이로 찰나의 한때만 연정을 품는 건 나쁘지 않을 테지.

"글세, 과연 어떨지. 너희는 장수하는 종족이지만 그렌은 인간이니까 말이지. 오히려 저쪽이 황송할 텐데."

"그런 걸 일일이 신경 쓸 화룡이 아니잖나?"

"난 린트 블룸의 주민 모두를 소중히 대하고 싶어. 내가 닥터 그렌 쟁탈전에 끼어들어 봤자 분쟁의 씨앗만 늘어날 뿐이야. 연심 때문에 나라를 망하게 한 왕자도 있었으니까. 사랑의 불씨도 전쟁으로 이어질 수 있어."

스카디는 홍차를 홀짝이면서.

"그러니까── 정말로 갖고 싶을 때만, 옆에서 홱 낚아채기로 했어."

그런 소리를 아무렇지 않게 입에 담는 스카디.

"신부들이 화낼 텐데?"

"상관없어. 난 드래곤. 갖고 싶을 때 갖고 싶다고 말하며 빼앗을 뿐이니까."

"용의 방식은 실로 무시무시하구나."

아루루나는 오히려 즐겁다는 듯이 그런 소리를 했다.

"그래도 내 제자야. 재미있는 장난감쯤으로 여기고 망가뜨리면 절대로 가만 안 둘 거야, 스카디."

"크툴리프, 실례했어. 장난감이라 생각한 적은 없어. 그렌도 모두도, 소중한 린트 블룸의 주민들이니까. 내 성에 찰 때까지 사랑할 각오야."

스카디는 상상해 보았다.

까마득히 높은 하늘 위에서 내려다보는 린트 블룸의 모습을. 하늘에서 보는 린트 블룸은 어떤 모습일까. 수술이 끝난 이후로 스카디의 육체는 서서히 회복되고 있었다. 그런 높이까지 날 수 있는 것도 그리 멀지 않은 장래일 것이다.

"──확실히 지켜봐 줄게, 오빠."

아무에게도 들리지 않게 그렇게 중얼거려 보았다.

수없이 많은 인간의 자손들 중에서 살짝 신경 쓰이는 한 남자를 향해.

"용투녀님, 부디 정도껏 해 주셨으면 합니다."

아무도 못 들었을 거라 생각했는데.

충의가 두터운 플레시 골렘만큼은 스카디의 말을 들은 모양이었다. 어이가 없는 듯한, 그러면서도 어딘가 주인의 어리광을 즐기는 듯한 표정으로 가볍게 설교했다.

네에네에 알겠어요, 라는 듯이 스카디는 자신의 날개를 움츠렸다.

그곳은.

인간과 마족이 공존하는 도시.

그런 도시에서 단 한 곳밖에 없는, 인간이 마족을 진찰하는 진료소. 양자 간에 결코 없어서는 안 될 의사와 약사.

"다음 분, 들어오세요."

진료소의 벨은 오늘도 울렸다.

때로는 켄타우로스가 선물을 갖고 들렀으며, 아라크네가 자기가 만든 옷을 주러 오거나 드래곤이 변덕스럽게 찾아오기도 했다. 사이클롭스가 의료 도구를 배달하고, 하피가 편지를 전해 주고, 움직이는 시체마저도 찾아온다.

그것이 의사가 이은 인간과 마족의 모습이었다.

──그건 그렇고, 오늘의 환자는 어떤 증상을 앓고 있을까?

후기

여러분, 안녕하십니까. 오리구치 요시노입니다.

그럼 제가 가장 드리고 싶은 말씀을 드리도록 하겠습니다. 준비되셨습니까? 그럼 큰 목소리로 외치도록 하겠습니다. 하나 둘.

——이거 마지막 권 아니라고!

커다란 폰트로 실례했습니다.

아니, 진짜로 대단원을 맞이한 것 같은 느낌으로 집필했습니다만 아직 이야기는 계속됩니다. 안심하시길.

이로써 그렌 본인의 내면에서 하나의 매듭이 지어진 게 아닐까 싶습니다.

하지만 이야기는 아직도 계속됩니다. 아니, 애당초 편집자님께서 7권 좀 빨리 써달라고 독촉하고 계신단 말이죠. 감사하기도 합니다만, 이거 큰일이네요. 낑낑.

하지만 제가 집필하고 싶은 몬스터 소녀가 아직도 더 있다는 건 정말 다행스러운 일이로군요.

아직 집필하지 않은 몬스터 소녀가 있거든요. 전격 문고에서 저의 다른 작품인 '몬스터 아가씨 헌터 ~모든 몬스터 아가씨는 내 신부!~' 같은 작품도 출판했고, 제 스스로 생각해 봐도 몬스터 아가씨를 향한 제 욕구는 아직 꺼질 줄을 모르나 봅니다.

진찰과 관련된 소재거리 때문에 곤란한 적은 있었어도, 몬스터 아가씨의 소재거리 때문에 곤란했던 적은 지금까지 거의 없었거든요……. 아니, 정말로 즐겁게 집필하고 있습니다.

그럼 감사 인사드리도록 하겠습니다.

편집부의 히비우 씨, 언제나 감사드립니다.

온갖 사정이 있기는 하지만 '가을 무렵을 목표로 7권도 씁시다!'라는 말씀을 들었기에 지금 현재 상당히 수라장이 된 상태입니다. 열심히 하고 있습니다. 우오오!

일러스트를 그려 주신 Z톤 선생님께도 정말 언제나 감사드리고 있습니다.

이번 내용의 테마도 감안해서 표지는 약간 색다른 느낌으로 부탁드렸습니다. 이게 가능한 것도 시리즈가 계속 이어졌기 때문이죠. 6권까지 출간할 수 있었던 것도 모두 Z톤 선생님 덕분입니다. 언제나 큰 도움을 받고 있습니다.

그리고 코미컬라이즈로 연재해 주시고 계신 카네마키 토마스 선생님.

코미컬라이즈도 증쇄에 들어가 호조를 보이고 있는 것 또한 정말로 기쁠 따름입니다. 제 난잡한 원작 때문에 앞으로도 만화화 작업에 여러모로 폐를 끼칠 거라 생각합니다만, 부디 잘 부탁드립니다!

그리고 언제나 저와 함께해 주시는 작가 여러분. 트위터 등지에서 교류해 주시는 만화가 및 일러스트레이터 여러분. 인외 온리전 주최 S-BOW 님 및 스태프 여러분. 전국의 서점 직원 여러분. COMIC 류의 담당자님과 편집부 여러분. 본가를 나온 바람에 좀처럼 만날 기회가 없는 제 가족들. 세세한 부분까지 지적해 주시는 교정 담당자님.

그리고 누구보다도 이 책을 읽어 주시는 여러분께 최대한의 감사 인사를 드리겠습니다.

다음에도 열심히 하겠습니다. 기대해 주십시오.

구체적으로 말씀드리자면, 아마도 흡혈귀가 나오지 않을까 싶습니다. 쪼옥쪼옥.

오리구치 요시노

몬스터 아가씨의 의사 선생님 6

2023년 08월 25일 제1판 인쇄
2023년 09월 01일 제1판 발행

지음 오리구치 요시노
일러스트 Z톤

발행 영상출판미디어(주)
등록번호 제 2002-000003호
주소 07551 서울특별시 강서구 양천로 570 NH서울타워 19층
대표전화 02-2013-56653

ISBN 979-11-380-3242-1
ISBN 979-11-319-7302-8 (세트)

구매 시 파손된 도서는 구매처에서 교환하실 수 있습니다.
기타 불편사항, 문의사항이 있으신 독자님께서는 노블엔진 홈페이지 [http://novelengine.com] 에서
Q&A 게시판을 이용해 주시기 바랍니다.

노블엔진(NOVEL ENGINE)은 영상출판미디어(주)의 라이트노벨 및 관련서적 브랜드입니다.